WILLIBALD ROTHEN

Pannonische Dorfgeschichten

aus alter und neuer Zeit

novum pro

Bibliografische Information
der Deutschen Nationalbibliothek:

Die Deutsche Nationalbibliothek
verzeichnet diese Publikation in
der Deutschen Nationalbibliografie.
Detaillierte bibliografische Daten
sind im Internet über
http://www.d-nb.de abrufbar.

© 2022 novum Verlag

ISBN 978-3-99131-559-9
Lektorat: Susanne Schilp
Umschlagabbildungen:
Willibald Rothen;
Yufa12379 | Dreamstime.com
Umschlaggestaltung, Layout & Satz:
novum Verlag
Innenabbildung: Willibald Rothen

Die vom Autor zur Verfügung gestellte
Abbildung wurde in der bestmöglichen
Qualität gedruckt.

www.novumverlag.com

Inhaltsverzeichnis

Eine Biene flog ins Zimmer

Ein Haus stand einsam und unbewohnt in der Landschaft. Seine ehemaligen Bewohner waren ausgewandert. Abgesiedelt. Das alte Haus unverkäuflich. Niemand kaufte hier ein Haus. So verschenkte man, was irgendjemand wollte, und nachdem man das Haus nicht mitnehmen konnte, blieb es eben stehen. Man vergaß, ein Fenster dicht zu schließen und der Wind riss die Flügel auf und zertrümmerte die Scheiben, so dass Sonne, Wind und Regen ungehindert ins Zimmer gelangen konnten. Das Zimmer war mit einer prächtigen Blumentapete tapeziert, mit zarten Knospen, geöffneten Blüten, zartgrünen Blättern und einem Geranke von Stängeln und Stielen. Eine Biene flog ins Zimmer, flog von einer Blüte zur anderen, sie zog den Nektar aus ihren Kelchen und befruchtete sie. Die Knospen öffneten sich und gaben sich der Biene preis.

Nach einiger Zeit schlossen sich die Blütenblätter und in den Kelchen reifte der Samen. Die Blüten fielen ab, so dass es keine Blumentapete mehr war, sondern ein grünes Durcheinander von Blättern, welches gleich einer Arabeske das Zimmer überzog. Im Herbst wurden die Blätter braun und fielen von den Wänden, so dass nur kahle Stängel mit den knotenförmigen Samenkelchen das Zimmer bedeckten. Als auch die Stängel anfingen, welk zu werden und der Samen ausgereift war, fielen Stängel samt Samen von den Wänden und bedeckten den Fußboden. Nun waren die Wände weiß und rein wie Schnee. Im Winter wehte der Schnee durchs Fenster und bedeckte den Fußboden.

Als der Frühling kam, schaute die Sonne durchs Fenster und schmolz den Schnee. Der Blumensamen begann zu keimen und die Ranken und Stängel überzogen die jetzt muster- und blumenlose Wand. Zartgrüne Blätter sprossen, so dass zuerst ein grünes Geranke gleich Arabesken die Wände überzog und darauf die herrlichsten Knospen und bald auch geöffneten Blüten hervortraten. Eine Biene flog ins Zimmer.

Eine Einladung

„Sei mein Gast", winkte der Weg mir zu und schlängelte sich wohlig räkelnd den sanften Hügel hinan. Schattige Bäume mit mächtigen Kronen wichen nicht von seiner Seite. Ein sanftes Lüftchen streichelte deren silbrige Blätter, welche er in Wonnen erschaudern und in begehrlicher Unruhe erzittern ließ. Neckisch koste er die Blüten der Blumen und Rosen, welche des Weges Spur begleiteten. Ein buntes Gehäufe von jungfräulichen Knospen, leise schwingenden Glocken, lächelnden Sternen, häubchenbedeckten Kugeln, stolzen, hoch aufgerichteten Königskerzen, leuchtenden Lupinen, Anemonen, roten Mohn und niederen Geblume, eingebettet in die samtene Matte einer smaragdgrünen Wiese. Und überall summende Bienen, brummende Hummeln, zirpende Grillen, schillernde Käfer und mit unglaublich verschieden in Form und Farbe gezeichneten Ornamenten verzierten Flügeln von vielfältigen Schmetterlingen und Faltern, welche mit elfenhaftem Flügelschlag im harmonischen Gleichklang schaukelnd und segelnd eine wundersame Idylle eines für Menschen kaum geschauten Nirwana boten. Weiße, bequeme Bänke kuschelten sich an dicke Stämme, bereit, die Füße des Gastes unter schattigem Gedache der Anziehungskraft zu entziehen und lustvoll baumeln zu lassen, den Rücken gastlich die Lehne zu hinterbreiten, möge er dort Entlastung, Stütze und Halt in wohliger Ergebenheit erfahren. Verschmitzt blinzelte eine zufriedene Sonne von einem lachenden, blauen Himmel, auf dem weiße, verträumte Engelchen als Schäferwölkchen verkleidet in lockerer Formation händchenhaltend und selig lächelnd über das Firmament tanzten, das Halleluja auf kindlichen, runden Lippen trällernd. Wie kann man so einer Einladung widerstehen, zumal auf der weich geschwungenen Kuppe des Hügelchens ein allerliebstes kleines, leuchtend rot behütetes Kirchlein mit strahlend weiß getünchten Mauern stand, in dessen bunten Bleikristallgläsern sich die Sonnenstrahlen kringelten und dessen schlankes Türmchen ein golden leuchtendes Kuppelchen zierte, das blinkend und glitzernd ins weite Land strahlte, jedoch ohne aufdringlich zu wirken. Die Sonne, wie eine ihren Kindern wohlgesinnte Mutter, übte sich in vornehmer Zurückhaltung ihrem goldenen Kindlein gegenüber, die Aufmerksamkeit den Betrachtern überlassend, zu deren Mittelpunkt sie es erwählt hatte. „Ist das alles, was Du zu bieten hast?", mokierte ich mich. „Kein Stein wird Deinen Schritt behindern, kein Steinchen wird die Sohle Deines Fußes beleidigen. Auf mir wirst Du schweben wie auf einer Matte aus Watte." „Ist das alles?", fragte ich.

Er war sichtlich erstaunt. Ich winkte ihm freundlich mit der rechten Hand zum Abschied, die linke drückte bereits Einlass begehrend die Klinke der Wirtsstube. Meine Füße trugen mich in ein dunkles Nichts, welches erfüllt war von dumpfer, abgestandener, mit Rauch überschwängerter Luft. Ein goldener Zapfhahn blinzelte mühsam durch all das Ungemach, gab aber zur Hoffnung Anlass, ehest einem Stückelchen himmlischer Erbaulichkeit teilhaftig zu werden. „Eine Maß Bier", forderte ich laut, überlaut, um damit das Zwielicht dieses dämmrigen Schuppens, die hängenden Rauchschwaden, das gurgelnde Geknurre, Gerülpse und Geschmatze menschlichen Wohlbefinden-Abfalls zu durchdringen. „Bitte", sagte ich nachträglich, meiner ehrbaren Kinderstube in dankbarer Erinnerung verbunden. Als der Wirt einen jungfräulichen Krug vom Regal nahm und aus der goldenen, mattglänzenden Pippe der schäumende Strahl ungehindert und ungebremst seine neue Herberge in Besitz nahm. Kurz, dachte ich, kurz wird sie sein, die Herberge, kurz, so lange eben gebraucht wird, von einem Menschen in einem Zug entleert zu werden, der eben einer staubigen, einer schattenlosen, von keinem Baum oder Strauch begleiteten Landstraße entwichen ist, welche sich horizontlos dahinzog, gepeinigt von blasenbestückten Schrittmachern, welche einen ausgedörrten Körper mit einer noch ausgedörrteren Kehle mit sich her und eine endlos lange, staubige Landstraße entlanggetragen hatten.

„Prost!" Und der Himmel öffnete seine Schleusen, um in einer orgiastischen Sturzflut göttlicher Gnade himmlisches Paradies zu verschenken.

Der Herbstwind über dem See

Verwegen zog der Herbstwind über den See, der Schwäne Flügel hebend, wenn er sie seitwärts erfasste. Die Enten duckten sich und suchten Schutz an den jetzt vielfarbigen Sträuchern und Gewächsen am Ufer. Bunte Blätter, von den Bäumen gerissen, verfingen sich in den sich kräuselnden Wellen, die, wenn sie eine Windböe erfasste, gischtig aufwallten, um sich wieder kräuselnd ihrem Element zu ergeben. Die Wipfel der Bäume am Ufer beugten sich dem Druck des Windes und so manchem Wanderer riss er, wenn er ihnen den feinen Schotterstaub ins Gesicht oder hinterherblies, hinterhältig den Hut vom Kopf. Der Wanderer, der den geschotterten Weg an seinem Ufer entlanglief, Fischer betrachtend, welche die Angelrute ausgeworfen hatten, auf einen guten Fang hoffend, Köder wechselnd, wenn diese ein kleiner Fisch abgeknabbert hatte. Kleine Kinder an elterlichen oder großelterlichen Händen, wurden, so sie gegen den Wind gingen, festgehalten, da sie gegen diesen mit aller Kraft ankämpfen mussten, um von den Böen nicht umgeworfen zu werden, und sie rangen jedes Mal nach Atem, wenn der Wind sie erfasste. Zwischendurch zog hin und wieder ein Fischer einen kapitalen Karpfen an Land, verstaute ihn in seinem Kescher und warf einen neuen Köder aus. Jogger in ihren Anzügen und Laufschuhen, meist mit einem Stirnband vervollkommnet, liefen an einer Seite des Sees gegen den Wind an, die gegenüber blies er vor sich her. Ein Liebespaar auf einen der vielen an den Ufern des Sees aufgestellten Bänken kuschelte sich innig aneinander, um dem Wind weniger Angriffsfläche zu bieten. Ein verdorrter Ast krachte von einem Baum, fiel ins Wasser, die darunter schwimmenden Enten erschreckend, welche eilig davonschwammen. Das Gras unter den Bäumen wirkte fahl und

kraftlos, vielleicht war es auch nie saftig grün, denn das Blätter-
dach der Bäume ließ wohl zu wenig Sonne hindurch. Ein Eichhörnchen lief einen Stamm eines großen Baumes hinauf, um in
dessen bunter Krone zu verschwinden. Über der Insel, inmitten
des Sees, flogen ein paar krächzende, schwarzgefiederte, große Vögel. Eine eigenartige Stimmung lag in der Luft, vielleicht
das Omega vom Alpha.

Die Windhose

Eine Windhose tanzte entlang der staubigen Straße, allerlei Blattwerk und Papierfetzen in ihrem wirbelnden Luftkreis aufnehmend, mit sich tragend, wieder fallen lassend, einen kleinen Fluss streifend und querend, um die Reste auf dessen kräuselnden Wellen zu verlieren, welche noch eine Weile auf dem hurtig fließenden Wasser schaukelten, bis sie sich in den Sträuchern und Wurzeln am Ufer verfingen oder in den Wellen versanken. Der Wind, nun von seiner Last befreit, zog fröhlich pfeifend weiter, wirbelte voll ungestümer Lebensfreude den Staub von einem Karrenweg, tanzend vor einem mit knarrenden Rädern dahintrottenden Pferdegespann und einem auf dem Kutschbock dahindösenden, in sich zusammengesunkenen Kutscher. Und schalkhaft streute er ihm Sand in die Augen, entführte ihm seinen breitkrempigen Hut, entriss die Pferde ihrem lethargischen Trott, um nach dem unflätigen, erschrockenen Geschrei des Kutschers boshaft das Weite zu suchen.

Katzenkinder

Der alte Bauer saß unter einem Birnbaum im Hof, dessen Krone so mächtig, dass er den größten Teil des Hofes schattenwerfend bedeckte.

Ein dünnes Lächeln überlagerte sein faltiges Gesicht, wurde erkennbarer, da sich sein Mund öffnete, aus dem ein ebenso dünnes Lächeln hervorgebrochen kam, zwischen den Zahnlücken sich verfestigte, seine Mundwinkel angezogen, so dass daraus ein breites Lachen wurde, das die Lider seiner Augen erreichte, die daraufhin zu Schlitzen wurden, und breitlachend gab sein Mund nun auch einen glucksenden Ton von sich und er wischte sich mit dem Handrücken seine nun über die hochschwappenden Wangen kollernden Tränen ab. So lachte er, bis sich wieder sein Gesicht verfestigt, jedoch ein schelmisches Lächeln darauf zurückblieb. Er, der seine Beine weitgestreckt von sich geschoben hatte, von der Bank, in deren Mitte er saß, zwischen seinen Beinen ein Gehstock, der oben halbrund gebogen, auf das sich vor ihm abspielende Szenarium blickend, das der Grund für den Ausbruch seiner Heiterkeit war.

Eine ganze Weile hatte er sie schon beobachtet, die zwei Kätzlein, die sich spielend vor ihm darboten, einmal die oben, dann wiederum die andere, wie sie sich kratzten, tätschelten, sich auf den Rücken legten, um der anderen sich zu ergeben.

Wie die Alte, also ihre Mutter, die eingerollt dalag, nun aufstand, um zuerst, sich streckend, ihre Glieder wieder in normales Maß zu bringen und ebenso interessiert wie der Alte sie zu beobachten. Danach gähnte sie einmal ausgiebig, was der sie

Beobachtende auch so empfand, um anschließend sich zu trollen mit den hinter ihr herlaufenden Katzenkindern, um in der Scheune mit ihnen zu verschwinden.

Wahrscheinlich wird sie sie jetzt säugen, dachte der Alte auf der Bank, um sich mittels seines Stockes zu erheben, um mit steifen Beinen nach des Hauses Eingangstür zu streben, um dahinter zu verschwinden, aber immer noch umspielte ein Lächeln seinen Mund und seine Augen, wenn er an die spielenden Katzenkinder dachte, die auf Grund ihrer Drolligkeit ihn verzaubert hatten.

Das Dorf

Mit meinen Freunden stirbt auch die Heimat. Leer wird das Dorf, denn Fremde beziehen die verwaisten Häuser, immer fremder wird mein Dorf. Menschen, die ich nicht kenne und die sich anschicken, meine Heimat zu der ihren zu machen. So war der einsame, große Birnbaum am kahlen Rücken des Hügels, welcher im Hochsommer die untergehende Sonne verabschiedet, jeden Tag und bevor sie hinter den Hügeln versunken, seine riesige Baumkrone als Mitra erstrahlen ließ, begleitet von einer Glocke, die zum abendlichen Vesper lud, mochte ihn der Blitz oder ein habgieriger Neuling wegen des Holzes gefällt. Es hinterließ eine schmerzhafte Lücke, dieser vertraute Baum, der weit das Tal beherrschte, auf der kahlen Kuppe des Hügels. Er fehlt wie ein Mensch, dem man eine gute Nacht wünscht und am Morgen erfährt, es gebe ihn nicht mehr. Die Menschen, welche im Friedhof in geordneten Reihen sich drängen, Grab an Grab wollten sie dicht zusammen ruhen, da sie im Leben vor lauter Arbeit nie so viel Zeit füreinander und die keine Erben hatten oder deren Nachkommen in die Stadt gezogen, obwohl ihre Gräber ungepflegt in der Gemeinschaft des Dorfes verblieben. Ob sie wohl Zwiesprache untereinander und miteinander hielten? Die Gasse, wie viel Leben dort pulsierte. Scharen von Kindern, die auf der staubigen Straße tollten, spielten und ihren Schabernack trieben. Eine lange Schlange, von Pferden oder Kühen gezogen, Wagen vor der Mühle am anderen Wehr, wo, das Wasser durch die Turbinen rauschend, Gischt dick unter der Mühle hervorbrach mit allerlei Fischen, die sie im Oberlauf mitbrachte, mit den strohgedeckten Dächern der Häuser, auf denen der rote Hahn von Haus zu Haus flog, verrußtes, dachloses Mauerwerk hinterlassend, als die Front über sie hinwegtobte.

Ende

Der See

Vor meinen Augen liegt der zugefrorene See und liegt unter einer dicken Schneeschicht begraben. Wie eine schneebedeckte Steppe, aus der kein Baum oder Strauch hervorbricht, auch sein Ende nicht absehbar und er geht konturlos eben in diese Steppe über, die kein Auge zu umfassen vermag, so dass See und Steppe in Unendlichkeit miteinander verschwimmen, zumal der Tag grau und trübe vor sich hindämmert.

Es hat geschneit

Durch das Fenster schaut die weiße Pracht ins Zimmer. Es hat heute Nacht geschneit. Auf dem gegenüberliegenden Dach liegt kniehoch der Schnee, scheint es mit seiner Wucht schier zu erdrücken. Im Garten der monumentale Brunnen, der ringförmig angelegt, sich nach oben verjüngend, wie eine riesige Pyramide sich darbietet, die kleinen Sträucher, von der Schneemasse verborgen. Aber es schneit noch immer dicke Schneeflocken, in dichter Formation fallend vom Himmel, dessen Nähe oder Ferne man nur erahnen kann, wie das Ende des Gartens, der nicht mehr auszumachen ist. Aber es schneit und schneit. Drinnen beim vor sich hin brummenden Ofen sitze ich, lausche der lautlosen Stille, die vom Fenster des Gartens reinschaut, räkle mich wohlig, fühle mich geborgen in der warmen Stube unter all der kalten Pracht.

Der alte Brunnen

Einst von einem Steinmetz aus dem Stein geschlagen, hatte er hunderte von Jahren überlebt. Doch kein Wasser rann aus den Köpfen der steinernen Fische, deren Mäuler, einst Wasser speiend, das runde Becken umsäumten und füllten. Verwittert und verwahrlost stand er inmitten eines verwilderten Gartens, welcher wiederum ein verwahrlostes Schloss umgrenzte. Brüchig war der Stein geworden, die Schuppen der Fische von schorfigen Algen überzogen, und seine in der Mitte aufragende Lotosblüte, von Schnee und Eis gequält und nur mehr schwer als solche überhaupt erkennbar. Zerstört. Aus dem Becken wuchsen Unkraut und allerlei kleine Bäume, die sich hier eingenistet hatten. Aber eine Gruppe von Menschen, welche den Garten durchstreiften, entdeckten, nachdem sie zuvor das verfallene Schloss besichtigt hatten, auch diesen verfallenen Brunnen, woraufhin einer aus der Gruppe bemerkte: „Ein Juwel von einem Brunnen, der ebenso wie das Schloss und der Garten in alter Pracht und Herrlichkeit wiederhergestellt werden müsste", worauf ihm die andern nickend beipflichteten.

Der Steinbildhauer

Vorweggenomen: Er war ein Säufer, ein begnadeter noch dazu, denn er war ein Steinbildhauer, was ihn jedoch nicht davon abhielt, auch Inschriften in ganz gewöhnliche Grabsteine zu meißeln, ohne dass man ihn lange dazu überreden musste. Nur eine Flasche Schnaps und dazu eine Kiste Bier oder ein paar Flaschen Wein waren nötig, dank seines immerwährenden Durstes, auch solche Arbeiten anzunehmen. Ansonsten schlug er aus Steinblöcken, mochten sie auch noch so groß, noch so hart und noch so unförmig sein, es gelang ihm immer, das bestmögliche Resultat zu erzielen. Und warum? Er saß meditierend vor diesem formlosen Gesteinsbrocken, links eine Flasche Schnaps, rechts eine Kiste Bier, den Stein nur betrachtend. Und erst, nachdem Schnaps und Bier ausgetrunken waren, bequemte er sich, Hammer und Meißel in die Hand zu nehmen, um den Rest des Gesteins von der gedanklichen Figur abzuhämmern, die während seines Meditierens im Stein entstanden war. Und als ihn eines Tages ein stiller Beobachter wegen seines Besäufnisses ausfragte: „Wie machst Du das?", erklärte er lakonisch: „Ich hämmere nur das überflüssige Material ab von der Figur, die in dem Stein verborgen ist."

Ein Haus an der Straße

Monoton schlägt der Regen schon die halbe Nacht auf das vorgesetzte Blechdach, so dass er sich gezwungen sah, das Fenster zu schließen, denn diese ewige Trommlerei raubte ihm den Schlaf, ließ seine Gedanken von diesem zu jenem schweifen. Nun regnete es noch stärker. Man hatte das Gefühl, nun prassele der Regen mit großer Wucht auf dieses mit Blech verkleidete Flachdach und die darunterliegende Garage wirkte noch wie ein Resonanzkörper, so laut drang nun der Schall durch das Fenster. Er stand auf, rauchte sich eine Zigarette an, schaute durch die blauen, sich auflösenden Rauchfahnen hindurch und löschte sie kurz darauf wieder. Sie schmeckte nicht, nicht mehr, denn er war lärmempfindlich geworden. Gegen jede Art von Lärm. Das Vorbeiknattern von Mopeds oder Motorrädern, die gerade vor seinem Haus, Gas gebend, den Lärmpegel ins Unerträgliche trieben. Heute war es Nacht und es regnete in Strömen, so dass keine diesen Lärm verursachenden Typen unterwegs waren. Und wenn, verschluckte sie der Regen, zumindest die Motorengeräusche. Sinnend saß er auf dem Sessel nahe dem Tisch. Er hatte beschlossen, das Haus zu verkaufen, um sich in eine ruhigere Gegend zurückzuziehen, wo es vor allem keine Straße vor seinem Fenster und grundsätzlich kein mit Blech gedecktes Dach mehr gab.

Hühnerdieb

Wie es Hühner so an sich haben, verlassen sie die ihnen zugewiesenen Lebensräume, nämlich den Hof mit dem dazugehö-
renden Misthaufen, sollte es ihnen gelingen, durch ein Loch im
Zaun oder eine sonst gescharte Entweichungsmöglichkeiten zu
entkommen, um die Felder um das Haus nach Würmern und
anderen fressbaren Ingredienzien abzusuchen.

Steffen, der Zigeuner, kam zufälligerweise des Weges. Zufällig deshalb, da er ansonsten um diese Tageszeit noch die Hühner briet, die er nächtens aus einem Hühnerstall gestohlen hatte, oder ein altes Suppenhuhn, das er von einer barmherzigen
Bäuerin geschenkt bekommen hatte. Und er sah die ausgebrochenen Hühner samt Hahn auf einem Feld nächst dem Haus.
Und eine Henne hatte er bereits gefangen, ihr den Hals umge-
dreht und sie unter seinem Hemd versteckt, der Schar der nun
aufgescheuchten Hühner hinterherlaufend, als ein anderer des
Weges kam.

„Steffen", schrie der. „Du wirst doch nicht am helllichten Tag
schon Hühner klauen?"

„Aber nein", sagte darauf der Zigeuner „Was denkt Du? Ich
treibe die entlaufenen Hühner doch nur in den Hof zurück, sonst
würden die Leute sagen, der Zigeuner Steffen stiehlt jetzt schon
bei Tag die Hühner und ich würde als Hühnerdieb dastehen."

Das Haus am Waldrand

Ein kleines, liebliches Häuschen steht am Waldrand, die Fassade mit gelber Farbe gefärbelt, mit grünen Balken an den weiß gestrichenen Fenstern. Ein gepflasterter Hof führt von der schmalen, schottrigen Straße direkt zur Eingangstür, zaunlos und offen steht das Häuschen vor seinem Betrachter. Das Haus liegt weit entfernt vom Dorfe und seinerzeit mussten die Kinder weit zur Schule gehen, aber jetzt gibt es kein Kind mehr im Hause. Es wurde auch nur mehr gelegentlich bewohnt, bis die Besitzer in Pension gehen würden, dann würden sie hier sicher ihren Lebensabend verbringen. Wegziehen aus der Stadt, in der sie fast ihr ganzes Leben verbracht hatten. Die jetzige Besitzerin war ein Kind unter den ehemals vielen Kindern. Der ursprüngliche Zustand des Hauses war armselig, denn es war ein Waldhüterhaus, mit Stroh gedeckt, und die Mauern waren aus Lehm gestampft und durch die kleinen Fenster pfiff der Wind, aber trotzdem war es wohlig warm in der Stube, besser Küche, mit dem Herrgottswinkel, worin jedoch nicht alle Platz fanden. Ein Bett, welches in der Ecke der Stube stand, dort schlief die Großmutter mit zwei der kleinen Kinder. Das Bett gibt es natürlich nicht mehr, aber den Herrgottswinkel, wo der hölzerne Herrgott wie eben noch hängt, bekleidet von zwei Hinterglasbildern von Maria und Josef. Aus Nostalgie, wurde versichert. Auch der knorrige Eichentisch und die Sprossenbank mit der geraden Lehne, wo man hart und gerade sitzen muss, waren noch dort. Auch den blauen, verkachelten Ofen mit dem Backrohr und dem Wasserwärmer beließ man. Der Ofen, der einst einziger Wärmespender des ganzen Hauses war. Man öffnete nur die Tür des einzigen Schlafraumes am Abend, um wenigstens die Luft etwas zu erwärmen, ansonsten wurde ein warmer

Ziegelstein in ein Tuch gewickelt, erhitzt im Backrohr. Er wurde mit ins Bett genommen, um die Füße unter den Hühnerfedern-Decken zu erwärmen. Der heiße Atem an den kalten Wänden kondensierte bei so vielen Menschen, so dass bei Eiseskälte im Winter große eisige Blätter von der Decke fielen. In aller Herrgottsfrühe schloss die Großmutter die Türe, um den Ofen zu beheizen, damit, wenn die Familie aufstand, sie eine warme Stube vorfand. Die Kinder krochen schlaftrunken aus ihrem Bette, wo zumindest zwei davon in einem schliefen.

„Das waren noch Zeiten", meinte die jetzige Besitzerin, welche das Haus aus- und umgebaut hatte. Mit anschließendem, modernem Bad samt WC und einer neuen Zentralheizung, die man in den ehemaligen Kuhstall eingebaut hatte. Früher, ja, früher standen die Nachttöpfe unter den Betten, für das kleine Geschäft, für das große musste man über den Hof, neben dem Misthaufen in das kleine, hölzerne Häuschen, in dessen Türe ein Herz ausgeschnitten war. Innen war Zeitungspapier, in handliche Form geschnitten, auf einem Nagel aufgespießt. Im Winter, wenn der Sturm übers Land tobte, nützte auch die Laterne nichts, wenn man nachts hinaus musste, zum stillen Örtchen. Die ehemals hölzerne Scheune, welche nun mit Ziegel gedeckt und mit frischem Holz verschalt war, reihte sich perfekt in das Ensemble ein. Auch einen neuen Zaun gedachten sie noch zu machen, denn der alte war zu hinfällig geworden, um die Hasen und Rehe davon abzuhalten, den Kräutergarten leerzufressen ebenso die Blumen, die allerorts gepflanzt waren. Sie hatten sämtliche ihrer Urlaube mit der Arbeit an diesem Haus verbracht. Auch das Urlaubs- und das Weihnachtsgeld sowie alles andere Geld, welches sie erübrigen konnten, steckten sie in dieses Haus. Aber jetzt war es bis auf den Zaun ein schmuckes, lebenswertes Häuschen geworden, in dem es sich leben ließ. Weit ab vom Dorf und von der Stadt mit ihren vielen Menschen hatten sie genug.

Und so werden sie wohl in naher Zeit, wenn sie in Pension gehen würden, das Haus bewohnen, denn die Kinder würden in der Stadt verbleiben. Was sollten sie auch hier machen, wo es doch keine Arbeitsmöglichkeit gibt? Aber auf Besuch würden sie schon kommen. Vielleicht würden sie sogar im Urlaub hier ihre Ruhe genießen, sofern sie es wollten. Aber die zwei würden wohl ihren Lebensabend hier verbringen, mit Hühnern, Gänsen und Enten, mit Bienenstöcken und vielleicht mit manch anderem Getier und sie würden glücklich sein, nur die Frau würde sich noch öfters erinnern an die Armut, die eisigen Winter, wo die Kinder nicht zur Schule gehen konnten, an die einstens bodenlose Lehmstraße, wo die Räder der Leiterwagen oft bis zur Deichsel versanken, aber auch an die heißen Sommer, wenn die Luft sirrend über dem Tal lag, wenn sie am nahen Bach ein erfrischendes Bad nahmen oder Fische fingen, welche sie dann sogleich gebraten hatten. Und vieles, vieles würde ihr wohl einfallen, Schönes und weniger Schönes, welches sie in dieser Einöde erlebt oder besser – überlebt – hat.

Das verfallene Schloss

Gelangweilt lümmelten die steinernen Löwen in der gleißenden Sonne auf ihren Sockeln. Träge und lustlos, als wüssten sie um die Sinnlosigkeit und Nutzlosigkeit ihrer Wacht, vor den im Rost zerfallenen schmiedeeisernen Toren, die durch ihren Verfall keinerlei Schutz dem hinter ihnen liegenden Schloss mehr boten, das ebenso den Verfall preisgegeben war. Das einzig Erhabene der steingeschlagenen Löwen, die gelangweilt, alt und zahnlos bereits mit Moos bewachsen, und deren ehemals furchterregend aufgerichteter Rachen mit fletschenden Zähnen, durch den Zahn der Zeit, in ein harmloses verlegenes Gähnen sich hin gewandelt hatte, war ihre Löwengestalt. Seit Jahrhunderten hockten sie auf den Pfeilern, dem Kreislauf der Natur trotzend, den Erosionen des Okzidents ausgesetzt, welche ihnen, den grimmig verwehrenden Wächtern, die Kanten rund und weich schliff, gütig von der Erhabenheit und des hohen Alters, und denen man die Senilität, bedingt durch ihr hohes Alter, wohl auch ansehen konnte. Nun sollte das dahinterliegende Schloss, das sich bereits dem Verfall ergab, einen neuen Besitzer bekommen. Einen, den das Geld mächtig aus dem Beutel hing und der gedachte, es als Repräsentationsobjekt, als Vorführung seiner durch die Macht des Geldes erworbene gesellschaftliche Stellung mit einem alten Adelsschloss zu untermauern. Als der Neureiche mit Chauffeur und protzigen Auto vorfuhr, um das Schloss zu besichtigen, fiel ihm als Erstes das Wappen der einstigen Besitzer ins Auge, das sich über mit einem in hohen Bogen überspannten Torbogen steingemeißelt befand. Und von dem er sich geraume Zeit nicht zu lösen vermochte. Eines Wappens eines alten, wie er wusste, eines uralten, bereits ausgestorbenen Adelsgeschlechtes, dessen ganz weit entfernter Verwandter nach Amerika gefahren und froh war, dieses für ihn wertlose Anhängsel loszuwerden. Fast furchtsam strich er mit seiner behandschuhten Hand über einen der zwei Löwenköpfe und verweilte ehrfurchtsvoll vor diesen steinernen Löwen, die links und rechts des Tores des Schlosses das aus in Eisen gehämmertem Tor bewachten. Als sie wieder durch das Tor traten, neben ihm ein glücklich vor sich hin lächelnder Makler, war die Renaissance des Gebäudes sowie auch des ehemals wunderschönen, mit Arabesken kunstvoll verzierten, geschwungenen Tores neben den ehemals zwei grimmigen Löwen so gut wie abgeschlossen. Hatte er doch eine uralte Zeichnung aus der Hand des Maklers bekommen. Sie zeigte das Schloss in all seiner ursprünglichen Schönheit und eben auch das kunstvoll geschmiedete eherne Tor mit dem darüberliegenden, in Stein gehauenen Wappen, in Farbe gesetzt und mit den zwei grimmigen Löwen darunter. Und der jetzige Besitzer dieses einst wunderschönen Anwesens im Geiste sich vorfand, waren doch seine Vorfahren Leibeigene und Fronpflichtige dieses Grafen gewesen.

Der Landespatron

Als man das Land zerschnitt, um den Großteil der deutschsprachigen Bevölkerung in den Rest von Deutsch-Österreich einzuverleiben, musste man, da es nun als 9. Bundesland eine Eigenständigkeit verliehen bekommen hatte, ihm auch einen Landespatron zur Seite stellen, einen, der zumindest eine Verwandtschaft mit dem Land oder seiner Bevölkerung aufweisen konnte und den Deutschen, von Karl dem Großen hier angesiedelt, dem großen Frankenkönig, einem Enkel von Karl Martell, der als fränkischer König bei Tours die Mauren vernichtend geschlagen und somit das Abendland vor der Islamisierung errettet hatte. Und gerade in dieser Stadt, als die Gallier christianisiert als Apostel Galliens und Bischof von Tours zu Ehren kam und dessen Grab bis ins späte Mittelalter Wallfahrtsort und fränkisches Nationalheiligtum. Und dieser Heilige Martinus, der in Savaria in der römischen Provinz Pannonien das Licht der Welt erblickt hatte (heute Steinamanger oder auf Ungarisch Szombathely), wollte dieser Ehre zuteilwerden lassen, da sich kein anderer in der Heiligen Geschichte des ganzen Landes eingefunden hatte. Und dieser Martin, von römischen Eltern stammend, als Soldat Roms zwar nach Gallien, die ebenso römische Provinz, verschlagen, aber seine Wurzel jedoch in Pannonien, damals noch von Kelten und Illyrer besiedelt, auf Grund seiner Geburt nachgewiesen hatte.

Und noch dazu von immenser Barmherzigkeit geprägt, gab er doch als römischer Soldat seinen halben römischen Soldatenmantel, den er persönlich mit seinem Schwert zerschnitt, einem armen Bettler, um dessen frierende Knochen zu erwärmen. So zumindest ein würdiger Patron nun heute über das ganze Burgenland wacht. Und man jetzt Kirchen, Kasernen, Bäder und Hallen nach diesen uneigennützigen Heiligen benennt, um so seinen Bekanntheitsgrad unter der Bevölkerung zu steigern und man würde heute sagen, um „eine PR-Kampagne zu starten beziehungsweise schon längst vollzogen hatte."

Das Fährmannsgeld

Es begab sich in alter Zeit, als die Bauern noch Bauern waren und ihr Wort bei den Knechten und Mägden, aber auch bei ihren Familienmitgliedern noch Gewicht hatte.

So auch beim Stangelbauer, der bereits uralt, aber das Zepter nicht aus der Hand gab, obwohl er, wie man unter vorgehaltener Hand bereits munkelte, verkalkt sei, heute würde man das als Demenz bezeichnen.

Er, der Großbauer, den sein Vater ins Gymnasium in die Stadt schickte, denn er sollte Advokat werden, nicht ganz uneigennützig von jenem angedacht, lag er doch mit seinem riesigen Grundbesitz mit all den kleinen Bauern, die an den seinen grenzten, in ständigem Streit, denn sie beanspruchten nach seiner Vermutung zu viel von Äckern selbst, hatten eine Mahd Heu mehr von seinen Wiesen abgemäht, als ihnen zustand. Jener lag mit der ganzen Gemeinde in Streit.

Er hatte zwei Söhne, wobei der erste Advokat werden und seinem Vater beistehen sollte, und der zweite als Bauer gedacht war. Wobei jedoch der Ältere der Bauer war und der Jüngere eben diesen Beruf ergreifen sollte. Wusste doch der alte Bauernfuchs, der dazu mit Bauernschläue gesegnet, was er für diese Dienstleistungen für sich zu bezahlen hatte. Als jedoch der Jungbauer von einem Pferdegespann zu Tode getrampelt wurde, musste der Studiosus Advocatus sein Studium aufgeben und an die heimatliche Scholle zurückkehren, was jener, wenn auch murrend, tat und eines Tages auch das Erbe antrat. So hatte er zwar noch nicht fertig studiert, aber die kleinen Bauern beließen eine Mahd Heu mehr auf ihren Wiesen stehen wie sie auch ein paar Pflugscheren ließen, um ja nicht mit dem neuen Großbauern in Konflikt zu geraten.

Dieser Großbauer hatte jedoch vier Söhne, wobei der älteste den Hof übernehmen sollte, der zweite, wie er selbst, war als Advokat gedacht und die zwei anderen als Reserve, wobei die zwei Reservesöhne ebenfalls bei anderen Großbauern eingeheiratet hatten. Nun, als diese Krankheit auch seinen Geist einforderte, machte er sein Testament und ließ verlauten, wo es lag und am Tage seines Todes geöffnet werden müsste. Außerdem schickte er es seinem Sohn, dem Advokaten, in die Stadt. Dieser jedoch öffnete es sofort, erfuhr, was und wie viel die beiden Reservesöhne an Grund und Boden bekommen sollten, er selbst wurde davon ausgeschlossen, denn sein Studium hätte bereits seinen ihm zustehenden Erbteil verschlungen.

Der Advokat, nicht sonderlich überrascht, aber überrascht von der weiteren Klausel, die zum Antreten des Erbes überhaupt berechtigte. Und die besagte klipp und klar, dass jeder der Erben, die zukünftigen wie auch die, welche es bereits angetreten hatten, und da war wohl er gemeint, ein jeder eine bestimmte Summe ihm in den Sarg zu legen hatte, um bei der Überfahrt des Stegs in den Hades den Fährmann Charon bezahlen zu können.

So fing er, der die griechische Mythologie im Gymnasium vermittelt bekommen hatte, wieder an, infolge seiner noch nicht voll ausgebrochenen Krankheit, in dieser zu leben.

Es waren keine hohen Summen, welche der Testamentgeber seinen Erben auferlegte, aber trotzdem. Als bald der Alte verstarb, wurde das Testament auftragsgemäß am Todestag geöffnet und mit Befremden empfunden.

Den zwei Reservesöhnen, die bisher faktisch als Knechte bei ihren Schwiegervätern gehalten wurden, war es trotzdem viel an

Geld. Doch Bruder Avocatos Diabolus, im Volksmund mit Fischgal bezeichnet, kam von der Stadt angereist, jedenfalls war der Name in der Gegend mit einen Anwalt verbunden, vielleicht gab es einen einmal mit Namens Fischgal in der Gegend, so dass von der Einzahl auf die Mehrzahl geschlossen wurde und so alle diesen Namen bekamen, oder es müsste sich ein Sprachforscher mit diesem Namen befassen, um den Grund für den reichlich unkonventionellen Namen zu erforschen, er erklärte sich bereit, für alle seine Brüder das Fährgeld, das wohl einem bereits kranken Gehirn entsprungen war, zu bezahlen. Sie hatten alle vier nach lautendem Recht die festgelegte Summe zu bezahlen und als der Leichenbestatter eintraf, um den Sarg zu vernageln, zog der Advokat sein Scheckbuch einer großen und internationalen Bank aus seiner Tasche, setzte daraufhin die von dem Erblasser geforderte Summe ein und seine Unterschrift darunter, ausgestellt an den Fährmann Charon. Nahm das Geld seiner Brüder aus dem Sarg und legte den Scheck auf den toten Erblasser und der Leichenbestatter fing an, den Sarg zu vernageln.

So man der heutigen irren Ansicht sich entgegenstand, dass früher die Anwälte auf Seite des Rechtes gestanden wären.

Das Dorf, das es nicht mehr gibt

Behäbig kroch die aufgehende Sonne hinter dem bewaldeten Hügel hervor, schob ihre ersten Strahlen durch das hohe Gehölz. Sie umtanzte das Doppelkreuz des Kirchturms und ließ dessen ganze Vergoldung in Herrlichkeit erglitzern. Nach und nach nahm sie die ganze Kuppel des Turmes und das Kirchendach in Besitz, bevor sie die Dächer der ebenerdigen Häuser erfassen konnte. Ein erster Hahnenschrei verkündete mit kräftiger Stimme den neuen, anbrechenden Morgen. Mehrere andere Hähne fielen in den Schrei ein, als würden sie vom Chef geweckt, einige andere krähten hinterher, die verschlafene Nachhut aus den Hühnerställen. Nach und nach erwachte das Dorf aus seinem Schlaf. Fensterläden wurden geöffnet und die Männer machten sich auf zu den Ställen und Speichern, um das hungrige Vieh mit Futter zu versorgen. Die Schweine rumorten bereits in ihren Ställen. Zuerst wurden jedoch die Kühe mit grünem Gras oder Klee gefüttert, die abends erst.eingebracht wurden. Während des Fressens ließen sie sich anstandslos von den Bäuerinnen und Mägden melken, während die Schweine bereits quietschten und grunzten. Aber sie mussten noch warten, denn die Milch war das Wichtigste am Morgen auf einem Bauernhof. Mittlerweile hatte der Bauer den Gänse- und den Hühnerstall geöffnet, wobei die Gänse schnatternd den Tag mit ein paar Flügelschlägen begrüßten, während die Hühner plusternd sofort anfingen, ihr Futter zu suchen, und kratzend die Erde durchsiebten. Der Hund, an der Kette auf einem Laufdraht, zwischen den zwei Enden des Hofes gespannt, gähnte erst einmal laut und gelangweilt in seiner Hundehütte, bevor er steif aus seinem Gehäuse kroch, sich reckte und streckte, um blinzelnd die ersten Sonnenstrahlen zu genießen um dann wieder regungslos und mit geschlossenen Augen vor sich hinzudösen. Er hatte eine schwere Nacht hinter sich. Er hatte einen Fuchs vertrieben und zwar nur per lautstarkem Gebell und, da der Fuchs nicht in Reichweite seines Auslaufs war, hatte derart mit der Kette derart gerasselt, dass der Bauer aufgrund des Lärms aus dem Bett gekrochen kam, um den besten Freund des Menschen mit einem langstieligen Besen zu unterstützen. Während die Gänse im Stall nach wie vor wie wild schnatterten und die Hühner im Hühnerstall wild flatterten, hatten die beiden sich wieder in ihre Behausungen zurückgezogen, der eine in sein Bett, um den Rest der Nacht zu verschlafen, und der andere in seine Hütte, um den Rest der Nacht durchzuwachen, um notfalls den nächsten potentiellen Räuber zu vertreiben. Nun wartete er also nur noch auf sein Fressen, dann konnte er wieder weiterdösen, denn er war als Wachhund angestellt, um Diebe und Räuber sowohl menschlicher als auch tierischer Art von ihrem schändlichen Treiben abzuhalten. Die meisten kamen nur nachts, aber einige, wenn niemand zuhause war, die Kinder in der Schule, die Eltern samt Großeltern auf dem Feld, da konnte es schon passieren, dass sich so ein Tunichtgut anschlich, um jedoch mit hündischen Ohren erfasst und mit grimmigen Gebell vertrieben zu werden, sofern er nicht irrtümlich seinen Hosenboden verlor, sollte er sich zu weit Richtung Wächter gewagt haben.

Im Hause gab es schon Geklapper, denn die Altbäuerin werkte schon am Herd. Sie hatte inzwischen Feuer gemacht, stellte die Pfanne mit der frisch gemolkenen Milch auf die Herdplatte und legte wieder Holz nach. Noch war es Zeit, die Kinder zu wecken, um sie für die Schule fertigzumachen.

Nun heizte sie auch noch den Backofen ein, denn heute war unter anderem auch Brotbacktag.

Nachdem der Bauer alle Tiere gefüttert hatte, kam er in die niedrige Wohnstube, setzte sich an den Tisch, schnitt sich das Brot mundgerecht und schaufelte es in die kochende Milch. Er aß alleine, denn er musste gleich darauf wieder raus, um die Pferde ins Kummet zu stellen, ins Geschirr zu legen und vor den Wagen zu spannen, welcher mit Pflug und Egge bereits beladen, um in

die nicht weit vom Hof entfernten Äcker zu fahren, sie zu pflügen und zu eggen und sie so bereitzumachen für die neue Saat.
Seine Frau würde ihm die Jause nachbringen samt einem Krug
kühlen Mosts, welchen sie kurz zuvor aus dem kalten Erdkeller
geholt hatte, in einem irdenen Krug, welchen sie mit in kaltem
Wasser getränkten Tüchern umwickelt hatte, um der bleiernen
Hitze der Sonne zu trotzen und um dem Bauern dergestalt einen kühlen Moste überreichen zu können. Mittlerweile waren
die Kinder aufgeweckt worden, gingen sich waschen oder wurden gewaschen, hatten gefrühstückt, wurden mit einer Jause
bedacht, welche aus zwei Schnitten Brot, bestrichen mit Butter
oder Schweineschmalz bestand, und wurden zur nahen Schule geschickt. Die Großmutter stürzte nun den Brotteig, der in
kleinen, aus Stroh geformten Brotkörbchen die Nacht über in
ebenjenen geruht hatte, auf eine kreisförmige Scheibe, die am
oberen Ende einer langen Brotstange angebracht war, und nachdem das verglühte Holz aus dem Backofen entfernt war, wurde
er in jenen eingeschossen, wie der Volksmund sagt.

Die junge Frau werkte bereits im großen Küchengarten, jä-
tete das Unkraut, begoss per Gießkannen, deren sie zwei hatte,
die Pflanzen, um nicht so oft zum Brunnen gehen zu müssen.
Und der Hund, der sich den Magen vollgeschlagen hatte, denn
er bekam heute eine Sonderration der besten Essensreste, döste weiter vor sich hin und ließ sich von den Sonnenstrahlen, die
auf ihn niederfielen, seine von der Nacht noch steifen Glieder
aufwärmen. Wenn die Sonne höher am Himmel stehen würde,
würde er sich in den Schatten seiner Hundshütte zurückziehen,
um weiter vor sich hin zu dösen.

Dorfgeschichten

Das deutsche Dorf an der Grenze

Es war ein deutsches Dorf in Deutsch-Westungarn, angesiedelt von Heinrich dem Vierten, dem König Heinrich, der den Canossagang über die Alpen zum Papst angetreten hatte. Oder waren es doch die Nachkommen jener Kolonialisten, die bereits Karl der Große in diesem Land angesiedelt hatte, die aber von den einfallenden Magyaren fast ausgerottet wurden? Nun war es ungarisch geworden, dieses Land, in dem nach der Schlacht auf dem Lechfeld das magyarische Heer von den deutschen Ritterherren vernichtet geschlagen wurde und deren kärgliche Überreste man in dem Grenzgebiet zwischen dem Magyarenreich und dem Babenbergerreich als Grenzwächter angesiedelt hatte unter König Stefan, dem Heiligen, der sich und sein wildes Reitervolk zum Christentum geführt hatte. Nun war dieses Land ungarisch geworden, mit einem ungarischen Pfarrer, der, obwohl römisch-katholisch, mit seiner Köchin, welche gleichzeitig seine Frau war, und mit seinen beiden Kindern im Pfarrhof lebte. Dann gab es die zwei ungarischen Lehrer, die den deutschen Kindern das Ungarische nahebrachten, so dass die Kinder nur ungarisch lesen und schreiben lernten. Da gab es den ungarischen Gendarmen mit seinem aufgezwirbelten Schnurrbart, immer grimmig dreinschauend, mit seinem am Gurt hängenden Gummiknüppel, um so seine Staatsgewalt zu demonstrieren und in die Lage versetzt zu werden, seine Amtshandlungen durchzuführen.

Der Pfarrer, der die Messe auf Lateinisch las, aber eine deutsche Predigt hielt, denn es war ein reindeutsches Dorf und keiner der Bewohner sprach ungarisch, höchstens die Kinder das, was sie in der Schule gelernt hatten, aber den Großteil davon wieder vergessen hatten. Es war ein Dorf mit langgestreckten, strohgedeckten Häusern, die Wände aus Lehm gestampft, die mit schmaler Front zur lehmigen Straßen schauten, die bei Regen von glitschiger Natur und bei Trockenheit die scharfen Kanten, welche die Ränder hinterließen, von den Fuhrwerken nun zu Brei zerrieben, der Wind durch die Straße trieb. Am Dorfanger mit den Gänseteich sich einige spielende Kinder einfanden, wo in der Mittagsstunde das Hämmern der dengelnden Sensen aus fast jedem Haus drang, um nach der Mittagspause, wiederum kornschneidend mit dem Kendlrechen, nur einen halmlosen Acker zurücklassend, und die Garben zu Mandeln aufgestellt wurden, um sie in Leiterwagen, der von zwei Kühen oder Pferden gezogen wurde, in die Scheune zu verfrachten, um mit den Dreschflegel im Winter das Korn aus den Ähren zu schlagen.

Ein ungarischer Rechtsgelehrter

Ein ungarischer Rechtsgelehrter, dessen Erkenntnis über die über unser Land hereingebrochene österreichische Justiz sich bemühte, ein vernichtendes Urteil über die rechtssprechende, österreichische neue Rechtsverwaltung zu fällen. Und das alles, nachdem man das Land, das tausend Jahre der ungarischen Krone gedient, nun Österreich zugeschlagen hatte. Natürlich im Einverständnis mit seinen Bewohnern, aber er als Ungar es nicht verstehen konnte. Aber es waren zu wenige seinesgleichen, die dem etwas entgegenhalten konnten. So man die österreichischen Richter, die man, seiner Meinung nach, aus rund 80 Prozent Trotteln und Krätzen rekrutiert hatte, wobei die zwei zugeordneten Adjektive ein Konglomerat diminutiver Eigenschaften in sich einschlossen. Die Söhne von in irgendwelchen staatlichen Instituten werkenden Vätern in diese Institutionen gehievt wurden. Natürlich waren all diese Väter in höher gestellten Bestallungen im kaiserlichen Reiche bestellt, sonst hätten sie die Ernennung ihres wenig intelligenten Nachwuchs, zu richten, nicht erwirken gekonnt. Hatte er doch sein Studium der Rechtswissenschaft, mehr saufend und hurend als auf der Uni verbracht. Vom Hausverstand verschont, ihnen auch die einfachsten Gesetze entfallen waren. Aber der Vater wird's schon richten, was er auch getan hatte. So sich die gesamte österreichische Justiz in Verkommenheit verloren hatte. Um nicht wie die ungarischen Richter, deren Urteile noch von ihrem gesunden Hausverstand geprägt und nicht wie diese ihre Fehlurteile nachhaltiger Auswirkung oft nach monatelanger Zeit der Erkenntnis ein Urteil erließen und sollte von den sich benachteiligt gefühlten Klagsparteien Einspruch erhoben werden die übergeordnete Stelle die er in einer Faulheit verfallene Institution nicht nur wähnte, sondern es aufgrund seiner Erfahrungen beweisen konnte, meinte er seine Stirne sich in kummervollen Falten gelegt sein Urteil über die österreichische Justiz sprechen. Und die leider nun auch die seine geworden war, umhaareraufend, hätten sich noch welche auf seinem Haupt befunden, den Gerichtssaal mit dem soeben da jedem Menschenverstandes verhinderten Urteils zu verlassen. So er sich zurückzog seine Kanzlei, die in ungarischen Zeiten einen guten Ruf besaß, waren sich doch Richter und Advokaten in ihrem Rechtsempfinden einig, und beschloss, sich aufgrund seines Alters in den Ruhestand zu begeben.

Die Dorfschöne

Sie war eine von vier Töchtern des Bauern Steininger. Die jüngste. Und da sie sich nicht nur zum schönsten Mädchen innerhalb der Familie mauserte, sondern zum schönsten Mädchen im Dorf heranwuchs, scharwenzelten die Burschen reihenweise um sie, als gäbe es ansonsten keine schönen Mädchen im Dorf. Der reichste Bauernsohn begehrte sie ebenso wie der Kleinkeuschler-Sohn und der Sohn des einzigen Kaufmannes, der aufgrund seiner privilegierten Stellung ebenfalls keineswegs als arm bezeichnet werden konnte. Und natürlich auch der junge Lehrer, den man erst einen Monat zuvor an die Dorfschule versetzt hatte. Sie alle waren in dieses wunderschöne Mädchen verliebt, noch dazu, wo der Steininger selbst keine arme Haut war, denn er besaß ein ansehnliches Arsenal an Äckern, Wiesen und Wäldern, hatte einen riesigen Stall voller Vieh, mit Pferden, Rindern und Schweinen und all dem anderen Kleinvieh, welches zur damaligen Zeit die Bauernhöfe bevölkerte. Und die Mutter hatte all ihre Kinder gottesfürchtig erzogen, besonders die Mädchen. Die beiden Buben allerdings entwickelten sich nicht nach dem Geschmack der Mutter. Bei Kirchtagen waren sie als Raufbolde bekannt, wobei sie den Streit geradezu suchten, sobald sie etwas getrunken hatten. Aber auf Rücksicht auf die Dorfschönheit, deren Brüder sie waren, und deren, vielleicht nicht minder schönen Schwestern, die ansonsten ebenso rauflustigen Dorfburschen jedem Streit mit ihnen aus dem Wege gingen, um sich bei den potentiellen zukünftigen Schwägern einzuschleimen und sich dadurch Chancen auszurechnen. Da das natürlich zu Verwandtschaft führen würde, blieben sie meist trotz ihres Stänkerns ungeschoren, zumal ihre Schwestern, sofern sie auf dem Kirchtag waren, sofort jeglichen Streit schlichtend eingriffen, um manch Stärkeren mit dankbaren Blick bei diesbezüglicher Hilfestellung zu belohnen. Jener jedoch rechnete sich eine Chance aus, den Blick missdeutend, zumindest bei einer der vier Schwestern zu punkten. Während sich die drei älteren Schwestern nach und nach einen Freier erwählten, blieb die jüngste unnahbar, sobald einer der Freier auch nur den Versuch unternahm, ihr den Hof zu machen. Ihr Vater, dem der Sohn des reichsten Bauern, der ihr unverhohlen den Hof machte, schon recht gewesen wäre, musste betrübt feststellen, dass sie für die Männerwelt keinerlei Ambitionen hatte, aber er überraschte sie oft betend in ihrer Kammer. Eines Tages, als er gerade die Pferde ins Kummet stellte, kam seine Frau gelaufen. „Martin", sagte sie, „soeben hat mir Anna gestanden, dass sie ins Kloster zu gehen gedenkt." Der Bauer, der gerade das Geschirr auf das bereits aufgesetzte Kummet anzuhängen gedachte, ließ das Geschirr fallen, besann sich jedoch sofort und setzte seine angefangene Arbeit fort. Wortlos zog er das Pferd aus dem Stall, holte das zweite, bereits angeschirrte, spannte es vor den Wagen und knallte ebenso wortlos mit der Peitsche, um durch das Hoftor auf den Acker zu fahren, wo er heute zu pflügen gedachte, eine fassungslose Frau zurücklassend. Und Anna wurde zuerst Novizin, legte das ewige Gelübde ab und wurde Nonne. Als einmal ihr alter Lehrer, als sie zufällig ihr Heimathaus besuchte, sie dort antraf, weil er mit ihrem Vater was zu besprechen hatte, und wie man weiß, war auch er ein klein wenig in sie verliebt, natürlich rein platonisch, scherzend zu ihr sagte: „Und so ein wunder-, wunderhübsches Mädchen geht ins Kloster", wobei er diese Aussage wohl dem von ihrem Vater kredenzten Schnaps zu verdanken hatte, und sie darauf antwortete: „Glauben Sie nicht, Herr Lehrer, dass es sich Christus nicht verdient hätte, nachdem er sich ans Kreuz nageln ließ, um die Menschheit zu erlösen, auch eine schöne Braut zu haben?" Und dabei lächelte sie glückselig vor sich hin, nachdem ihr ehemaliger Lehrer zu dem wieder vollgefüllten Glas griff.

Die Ratscha-Buam

Derweil die Glocken nach Rom geflogen waren, um dort drei Tage zu verweilen, nahmen die Ratsch-Buam ihre Aufgabe wahr, um den Gläubigen die Morgens-, Mittags- und Abendglocken zu ersetzen. Sie zogen mit ihren fahrbaren Ratschen-klöppeln, die oft vielhammrig ausgelegt, mit ihren von handgeschwungenen Ratschen untermauerten Geklöppel durch die Gassen des Dorfes, um sich zwischendurch laut zu verkünden. Da gab es die Rotte der Straßler, der Döfler, der Unterberger und der Oberberger und überall gingen dutzende von Kindern, nur die Buben, hinter den glockelosen zeit einher, die größeren voran, die kleineren hintendran, so dass diese der Gangart der größeren sich anpassen mussten und nur mehr sporadisch, so sie einen Klöppel zu schlagen hatten, jene nur mehr sporadisch zu beginnen waren. „Wir verkünden, wir verkünden den englischen Gruß, den jeder Christ, katholischer Mensch beten muss", und dann kam je nach Tageszeit, laut hinausgeschrien, die Tageszeit hinzu. Zu einer Zeit, wo die Kinder immer weniger wurden, das Dorf anfing zu vergreisen, wurden auch Mädchen in die Kohorte aufgenommen, genauso wie beim Ministrieren, das bis dato eine Domäne der Buben gewesen war. Letztes Jahr waren es genau noch vier Mädchen, ein größeres und drei kleine, welche den Osterbrauch hochhielten und mit den Ratschen und dünnen Stimmchen den englischen Gruß verkündeten.

Die Bank

Einladend stand sie am Ufer des Sees, harrend eines Benützers, dessen müde Füße bei ihr auszuruhen gedachten. Ein altes Ehepaar kam Hand in Hand schlurfend des Weges, wurden der Bank gewahr und ließen sich noch, Händchen haltend, auf ihr nieder. Er, bis jetzt auf seinen Stock gestützt, legte ihn nun beiseite und seufzte. Er war verteufelt froh, endlich sitzen zu können. Wenn die Bank auch hart war, aus Holzlatten gezimmert, und die Lehne ihm ins Kreuz drückte. Er schaute lächelnd zu seiner Frau, während er noch immer ihre Hand hielt. Sie trug Brillen und lächelte zurück. Beide schauten auf den von herbstlich gefärbten Bäumen umgebenen See hinaus, wo leise die Wellen sich kräuselten und einige Erpel sich in Ufernähe tummelten und laut quakend ihr Dasein verkündeten. Motorenlärm, ausgehend vom anderen Seeufer und kaum hörbar, wohl ein Motorrad, denn Autos hörte man so gut wie gar nicht, drang leise an ihr Ohr. Nach geraumer Zeit nickten sie sich beide zu, was wohl heißen sollte, wollen wir weiter. Und er nahm seinen Stock, setzte ihn wieder auf die Erde, damit er sich leichter erheben konnte. Schwerfällig erhoben sich beide von der Bank, setzten mit leisen Schritten ihren Weg fort, sie, die ihren Lebensweg schon nahezu hinter sich gebracht hatten und deren nunmehriges Ziel es war, bei der nächsten Bank wieder etwas auszuruhen, um die nun schon schmerzenden Beine ein wenig zu entlasten.

Dicke Decke

Unter einer dicken Nebeldecke verschlief der Tag sein Dasein, dämmerte lustlos vor sich hin (unter einer dicken Nebeldecke döste er vor sich hin). Irgendwo gackerte eine Henne, ein Hund bellte anderswo, wohl an seine Kette gefesselt, halb verschluckt vom dichten Nebel, der über den moorigen Wiesen sich erhob und das Dorf in Besitz nahm. Ein Traktor tuckerte mit abgeblendeten Scheinwerfern durch die Brühe, einen Anhänger mit Holz hinter sich herziehend und des Fahrer ...

Der Wind

Der Wind tanzte entlang der heißen, staubigen Straße, allerlei Blattwerk und Papierfetzen aufnehmend, mit sich tragend, wieder fallen lassend und da wir wissen, ein außerordentlich neugieriger Geselle, hob er sich um, in die Fenster der Häuser blickend, ob er etwas Interessantes zu sehen bekäme.

Durch ein Fenster im ersten Stock eines Hauses, welches, von einem Vorhang bedeckt, so seine Neugier geweckt hatte, hob er den Vorhang und als er so, jeden emporgewirbelten Vorhang einer flatternden Fahne gleich, in das Zimmer blies und auf einem gedeckten Tisch die brennenden Kerzen einer Geburtstagstorte eines erschreckten Kindes löschte, suchte er, so schnell er gekommen war, im gegenüberliegenden Fenster das Weite.

Ein Kind, das wollte er nicht erschrecken, so flog er davon, zog durch die einsame Gasse. Träge stand die Luft in dem Dorf. Und vor der Stadt, wo der Fluss breit und behäbig dahinfloss, streifte er auf dessen kräuselnden Wellen die Reste seiner Fracht, welche noch eine Weile auf den hurtig fließenden Wasser schaukelten, ehe sie gurgelnd versanken. Der Wind, nun von seiner Last befreit, zog pfeifend weiter, wirbelte mit ungestümer Lebensfreude Staub von einem einsamen Karrenweg und tanzte zu einem mit knarrenden Rädern gemütlich dahinrollenden Pferdegespann und einem auf dem Kutschbock dahindösenden, in sich zusammengesunkenen Kutscher, trieb ihm den Sand in die Augen, ihm mit neckischem Schabernack seinen breitkrempigen Hut entführend und die Pferde aus ihrer Lethargie reißend nach dem unflätigen Geschrei des erschreckten Kutschers, um boshaft lachend das Weite zu suchen. Wo käme er auch hin, wenn er sich mit anderer Unbill belasten würde? Er macht es nur wie die Menschen, die unangenehme Lasten auf andere abwälzen und verdrängen. Und als er in die Ebenen hinausstürmte, verlor er sich in der Weite des ihm keinen Widerstand bietenden Landes.

Die Windhose

Eine Windhose tanzte entlang der staubigen Straße, allerlei Blattwerk und Papierfetzen in ihrem wirbelnden Luftkreis aufnehmend, mit sich tragend, wieder fallen lassend, einen kleinen Fluss streifend und querend, um die Reste auf dessen kräuselnden Wellen zu verlieren, welche noch eine Weile auf dem hurtig fließenden Wasser schaukelten, bis sie sich an den Sträuchern und Wurzeln am Ufer verfingen oder in den Wellen versanken.

Der Wind, nun seiner Last befreit, zog fröhlich pfeifend weiter, wirbelte voll ungestümer Lebensfreude den Staub von einem Karrenweg, tanzend vor einem mit knarrenden Rädern dahintrottenden Pferdegespann und einem auf dem Kutschbock dahindösenden, in sich zusammengesunkenen Kutscher. Und schalkhaft streute er ihm Sand in die Augen, entführte ihm weithin seinen breitkrempigen Hut, entriss die Pferde ihrem lethargischen Trott, um nach dem unflätigen, erschrockenen Geschrei des Kutschers boshaft das Weite zu suchen.

Das zugeschneite Land

Weich machte der Schnee alle Ecken und Kanten, meterhoch lag er auf den Hügeln, verdeckte die Schollen der Äcker und die Umzäunungen der Koppeln, sie verschwanden in den Schneemassen, nur ein Vogelhäuschen wagte, aus dem meterhohen Schnee zu lugen, die Bäume zu obskuren Formen zugeweht, die Dächer der Häuser schien der Schnee zu erdrücken, um deren Mauern ein gnomhaftes Aussehen zu verleihen, so dass sie bis zur Hüfte in den Schneewechten zu versinken drohten.

Ein Schneepflug fuhr zum x-ten Male die Straße entlang, ließ links und rechts den Schnee auf beiden Seiten der Straße auftürmen, deren Begrenzungspfähle in den Schneemassen verschwanden. Es war ein Jahrhundertwinter laut der Aussagen der Meteorologen.

Und als sich noch dazu ein eisiger Sturm erhob, der die Dächer und die Wände der Häuser eins werden ließ, man die Häuser nur vage nach den rauchenden Schornsteinen erkennen glaubte, und der Schneepflug auf der Straße in den hohen Wechten steckenblieb, um resigniert aufzugeben sich gezwungen sah.

Die Dorfkirche

Ursprünglich im romanischen Stil erbaut, blieb nur die Apsis davon erhalten, mit ihren außenseitlichen Ornamenten, die die Rundung umkränzten. Wahrscheinlich als Wehrbau konzipiert, wo die Bevölkerung Zuflucht gesucht und auch gefunden hatte. Dann war sie zu klein geworden für die wachsende Bevölkerung und so hatte man noch im Mittelalter eine größere gebaut, mit einem hohen Turm, zwiebelbehütet auf das steile Dach über das Gewölbe des Kirchenschiffes gesetzt, dessen Ziegel über Jahrhunderte Dachstuhl und Kirchenkuppel vor den Unbillen des Regenwassers oder Schnees geschützt hatten. Dutzende Generationen von Menschen fanden Trost und Hilfe in von Not gekennzeichneter Zeit, wo sie betend und in sich gekehrt in den Bänken knieten und Gott um Hilfe baten. Erleichtert von ihren Sünden, wenn der Priester kraft seines Amtes ihnen die Absolution erteilt hatte – denen ihr sie erlassen werdet, denen sind sie erlassen, denen ihr sie vorbehalten werdet, denen sind sie vorbehalten, sagte Jesus zu seinen Jüngern. Es waren allesamt nur lässliche Sünder, Kapitalsünder fanden nicht den Weg zum Beichtvater, der hier vergeben konnte. Mochten im Mittelalter oder zum Beginn der Neuzeit oder in noch späteren Jahrhunderten, die Erstkommunianten, so gepflegt und angezogen, die Mädchen in Weiß, in kleine Bräute verkleidet, die Buben in schwarzes Tuch gehüllt, das erste Mal den Leib Christi empfangen haben. Kaum vorstellbar, bei der Armut, die damals durch Hungersnöte, Pest- und Choleraepidemien geherrscht haben dürfte. Und trotzdem, die Kirche hatte das alles überlebt. Die Toten, die früher, bevor ihr Leib der Erde übergeben wurde, wurden vorerst noch einmal in die Kirche gebracht, um mit ihnen ein letztes Mal die heilige Messe zu feiern, mit in Schwarz gekleideten Priestern und Ministranten und einer unzähligen Schar, die sie auf ihren letzten Weg begleiteten. Aber sie hatte auch andere Zeiten erlebt, wo statt eines Sarges ein leeres Gehäuse als Sinnbild für den im Feindesland gefallenen Soldaten stand und eine Totenfeier abgehalten wurde, beweint von seinen Angehörigen, welche den in schwarzes Tuch gehüllten Sarg umstanden, genau so, als wäre der Tote darin aufgebahrt. Und zu Fronleichnam, wo man den Leib Christi in der

Monstranz, geschützt unter einem Himmel, durch das Dorf und damit unters Volk trug, begleitet von den ansässigen Vereinen und Feuerwehren und einer Musikkapelle, auf einer Straße, die gesäumt von Birkensträuchern, deren Blätter sich dem Wirken des Windes ergaben, von Blumen streuenden, ganz in Weiß gekleideten Mädchen, die trippelnd dem von vier Männern getragenen Himmel, unter dem der Priester die Monstranz mit der Stola umschlungen hielt, vorangingen. Gott sollte wohl auf Rosen gebettet auf der staubigen Straße einherschreiten, um mit seinen Schäflein einen Altar nach dem anderen zu besuchen, wo er von den Gläubigen immer wieder angebetet wurde, bevor er wieder in sein Allerheiligstes, seine Kirche, zurückkehren konnte. Zur Zeit der Türkeneinfälle, als die Bewohner das Dorf verlassen und sich in die dichten Wälder, die das Dorf umgaben, zurückgezogen hatten, wurde die Kirche als Lazarett für ihre kranken und verwundeten Soldaten benutzt, ohne jedoch den Altar oder die an den Wänden stehenden, heiligen Figuren zu zerstören. Viel hatte sie erlebt, diese Dorfkirche, im Laufe der Jahrhunderte, von ihrer Kanzel wurde das Wort Luthers verkündet und alle Untertanen ihres Grafen wurden im Namen der Zeit und ebenso im Namen des Herrn zurückgetauft zur vorherigen, römisch-katholischen Religion. Doch Gott blieb Gott, trotz aller Verirrungen und dem Machtstreben der einzelnen Kirchen, denn es waren nur die verschiedenen Verwaltungen, die Gottes Gesetze wie einzelne Richter eines demokratischen Staates so oder so auslegen konnten. War früher die Kirche der Mittelpunkt des Dorfes, verlor sie allmählich ihre diesbezügliche Gültigkeit. Immer weniger Bewohner, die ansonsten kaum

Platz in der Kirche fanden, besuchen die Gottesdienste. Der Priester, dem man früher ehrfurchtsvoll und mit einer gewissen Scheu und mit Respekt gegenüberstand, wurde einer der ihren. Trotzdem, die Dorfkirche vereint zumindest zu Ostern und zu Weihnachten noch fast alle der Getauften, denn von Gläubigen kann man nicht mehr sprechen. Sie gehen nur noch aus Tradition zur Kirche und nicht mehr aus Überzeugung. Aber sie spendeten unwahrscheinlich viel zur Kirchenrenovierung, um das Erbe ihrer Vorfahren zu erhalten, denn mancher verspürt instinktiv die Nähe, die ihn mit seiner Dorfkirche verbindet.

Goldene Kartoffeln

Die Gier ist des Menschen größter Feind

Einstens lebten zwei Keuschler in ihren strohgedeckten Hütten nicht weit entfernt voneinander, eine Kuh, ein Schwein, ein paar Schafe und einige Hühner war ihr Viehbestand, den sie auf Grund ihrer geringen Fläche von Wiesen und Ackerland mit Futter versorgen und im Gegenzug sie mit ihrer großen kinderreichen Familie von ihnen ernährt werden konnten. Der Sommer war heiß und kurz das Gras, es vertrocknete stehenden Halmes zu Heu, im Getreide wütete der Pilzbrand und die Kartoffeln waren in den harten Boden wie einbetoniert und kümmerlichen Ausmaßes. Nun schufteten sie, um die kleinknollige Frucht aus dem Erdreich zu graben, denn das Staudenkraut war schon verdorrt und somit reif für die Ernte.

Als das eine Bäuerlein, das noch zu der Zeit schuftete, als bereits die Sonne hoch am Himmel stand, mit einem Strohhut, der sein Gesicht beschattete, sich schmerzenden Kreuzes aus seiner gebückten Haltung erhob, ein Schatten im Lichte der Sonne vor ihm stand. Es war, wie man sagen kann, ein alter, großer, ausgemergelter Mann mit einem großen Hut auf dem Kopf, so dass man sein Gesicht in der Mittagssonne nicht erkennen konnte. Nur der graue Bart leuchtete in den hellen Sonnenstrahlen. Dieser nahm nun seinen Hut ab, verneigte sich vor dem Bäuerlein, wobei er die Kopfbedeckung mit beiden Händen so hielt wie zum Gabenempfang mit offener Krempe, um zu sagen: „Werter Herr, ich habe schon zwei Tage nichts in meinen Magen, könnten Sie mir eine Kartoffel schenken?" Das Bäuerlein, das wusste, wie Hunger wehtat, suchte aus dem Häuflein bereits ausgegrabener Kartoffel eine der größten heraus, überlegte es sich aber, um noch eine zweite, die jedoch nicht weniger groß, dem Alten in den Hut zu werfen.

Wenn dieser Mensch zwei Tage nichts gegessen hatte, wie würde er sie jetzt essen? Und er machte ihm den Vorschlag, mit Hilfe des trockenen Kartoffelkrautes ein Feuer zu entzünden, um sie gleich hier zu verzehren. „Danke", sagte der Alte. „Sie sind ein gütiger Mensch", und er klaubte das trockene Kraut zusammen und entzündete es, was das Bäuerle jedoch nicht sah. Er sah nur, dass der Alte, der sich so vornehm ausdrückte, schuhlos und eigentlich in Lumpen gekleidet war. Aber eine der Knollen, die er ihm gegeben hatte, hatte er auf einen Stock aufgespießt, um die heiße Knolle kurz darauf mit blasendem Mund abzukühlen und gleich zu verzehren. Mein Gott, dachte der Kartoffelgräber, der muss einen mächtigen Hunger haben und wenn, dachte er, wenn er die zweite auch mit so einem Heißhunger verzehrte, er ihm noch eine dritte geben würde, obwohl er heute schon einen halben Tag knollengrabend hier auf dem Acker gearbeitet und kaum einen Sack voll ausgegraben hatte. Und auch der zweiten Kartoffel widerfuhr das gleiche Schicksal wie der ersten und sie wurde noch halb roh, wie das Bäuerlein vermeinte, von dem Alten und Hungrigen verschlungen. Schweren Herzens, nachdem er die drei Stück zusammengezählt hatte, an denen sich drei seiner Kinder sich schon satt gegessen hätten, bot er ihm noch eine weitere zum Verzehr, worauf der Alte mit den Worten sich bedankte: „Mein ärgster Hunger ist gestillt und auf Sie warten wohl noch hungrige Mäuler." „Wie Sie doch recht haben", sagte das Bäuerlein, denn die Nacht brach bereits herein und er begann, den mitgebrachten Sack mit den ausgegrabenen Kartoffeln zu füllen. „Vergelt's Gott", sagte der Alte und während der Bauer den Sack befüllte, war der Alte plötzlich verschwunden. Wohin auch immer. Der Bauer nahm den Sack auf die Schulter, raffte einiges an Kartoffelkraut zusammen, um die Haue darin zu verstecken, überlegte es sich aber, um den übervollen Sack ein Stück zu entleeren, denn er hatte heute einen halben Tag nach den Kartoffeln gegraben und war zu müde, noch einen ganzen Sack Kartoffeln nach Hause zu tragen. Und er warf auch auf dieses kleine Häufchen das Kartoffelkraut. Und er hing sich den Rest des Kartoffelsackes auf die Schulter, um endlich nach Hauses zu gehen. Allmählich wurde der Sack schwerer und immer schwerer, so er den Sack einmal links und einmal rechts auf die Schulter hing, um endlich mit letzten Kräften seine Keusche zu erreichen und vor der Haustür erschöpft niederzusinken. Die Tür öffnete sich und seine Frau sagte vorwurfsvoll: „Wo bist Du so lange, die Kinder warten noch auf ihr Abendessen", und sie nahm einige der Kartoffeln aus dem Sack, um sie für die Kinder zuzubereiten. Doch ihre Hand öffnete sich durch die Schwere des Goldes, das sie in der Hand hielt, und es fiel zu Boden und glänzte im aufgestiegenen Monde. Drinnen schrien die Kinder: „Mami, Mami wir haben Hunger." Die Frau hauchte mehr, als sie sprach: „Woher hast Du das?", was anderes war ihr nicht eingefallen. Auch er griff in den Sack und zog goldglänzende Nuggets heraus, unfähig, ein Wort zu sagen. Beide zogen den noch gefüllten Sack in die Scheune, vergewisserten sich bei den ausgeleerten Kartoffeln, dass es sich wahrlich um Gold handelte, um sich ratlos anzusehen. Die Frau fasste sich zuerst und verschwand, um mit der gemolkenen Milch und dem noch vorhandenen Grieß einen Grießbrei zu machen, um den Hunger der Kinderschar zu befriedigen.

Der andere Keuschler grub ebenso auf seiner Ried nach den Kartoffeln, hatte jedoch ebenso wie sein Nachbar nur einen kümmerlichen Haufen aus der Erde gegraben, als plötzlich seine Haue auf was Festes stieß, das sich als goldglänzendes Stück Kartoffel entpuppte, als er es an die Oberfläche befördert hatte.

Das Bäuerlein, es rieb den Rest der Schale herunter und so eine goldene Kartoffel, wenn auch klein, seinen misstrauischen Augen sich darbot. Hektisch grub es weiter, so dass es kleinere und größere Knollen mit seiner Haue aus der harten Erde grub. Das ging eine ganze Weile weiter, bis sich ein ganzes Häuflein von goldglänzenden Kartoffeln angesammelt, um es mit dem Kartoffelkraute abzudecken, so dass, sollte einer des Weges kommen, diese als solche nicht erkennen konnte, um ihn anzubetteln oder gar streitig zu machen.

Es wurde Abend und die Sonne schickte sich soeben an, dem Horizont sich zu nähern, wo sie noch glutig die Wolken erscheinen ließ. Der Keuschler grub und grub, plötzlich bemerkte er in den letzten Strahlen einen Schatten vor sich. Eine alte Frau mit einem weit vorgesetzten Kopftuch, so dass man ihr Antlitz kaum zu Gesicht bekam, einen elendlich gekrümmten Rücken, die eine Hand auf einen Stock sich stützend, in der andern einen zusammengebundenen Beutel geringen Inhalts. Der Keuschler, der soeben zu einem neuen Schlag mit seiner Haue ausholte, um weitere goldene Kartoffeln aus der Erde zu holen, unterließ dies im selben Augenblick. „Könnten Sie mir eine Kartoffel schenken, ich habe zwei Tage schon nichts mehr gegessen", kam eine klägliche, greisenhafte Stimme aus ihr hervor. Das Bäuerlein sah nach dem Haufen Goldkartoffeln, ob nicht ein Nugget durch das Kraut hindurchschimmern sollte. Befriedigt wand es sich der Bettlerin zu, hatte es doch einen Riesenhaufen des Kartoffelkrautes zusammengetragen und jede der ausgegrabenen Goldkartoffeln darunter versteckt.

Dann wandte er sich der Alten zu, um ihr grimmig musternd zu sagen: „Hast Du den Acker bestellt, gepflügt, geeggt, die Kartoffeln gesetzt, sie angehäufelt und jetzt ausgegraben? Und Du willst die Arbeit meiner Hände nutzen. Du altes Bettlerweib, wärst Du zu einer der Arbeiten gekommen aber so", und er drohte ihr mit der Haue, so dass diese alte Frau noch kleiner wurde, um plötzlich zu verschwinden, während der Kartoffelgräber die Haue auf die Erde niedersausen ließ, um sie möglichst tief in die Erde zu treiben, ob vielleicht dort größere Goldkartoffeln sich erwachsen hätten.

Die Sonne, die hinter dem Horizont verschwand, um nur noch als Abendrot den Himmel zu erleuchten, sank nun vollends, um den Mond, der einen Kreis vollendete, das Zepter über die Nacht zu übergeben.

Doch das Bäuerlein grub und grub, schaute zwischendurch den anwachsenden Goldhaufen in Form der Kartoffel nach, warf wiederum neues Kartoffelkraut darauf, um ja jeden Strahl des Mondes zu verhindern.

Doch einmal wurde er müde, zu müde, um noch weiterzugraben und so gab er schweren Herzens auf. Sah sich um, um die Goldkartoffeln in einem leeren mitgebrachten Sack zu verstauen, auf dass er nicht beobachtet werden würde. Nachdem der Sack gefüllt, deckte er den Rest wieder mit dem Kartoffelkraute gut ab so dass niemand auf die Idee kommen würde, dass darunter Goldkartoffeln lagen Als er jedoch den Sack anheben wollte, um ihn auf die Schulter zu werfen, rührte er sich nicht, so schwer war er. Er schrieb es jedoch seiner Müdigkeit zu und versteckte den halben Sack wieder unter dem Kartoffelkrauthaufen, um es erneut zu versuchen, aber der Sack rührte sich nicht vom Fleck. Schweren Herzens entleerte er den Sack so lange von seinem Inhalt, bis er es schaffte, ihn aufzuheben und über die Schulter heimzutragen. Anderseits dachte er daran, noch in dieser mondhellen Nacht mit seiner Kuh und dem Futterwagen dies zurückgelassene Gold nach Hause zu bringen. Und er wankte mehr recht als schlecht seiner Keusche zu. Er schien jedoch wieder zu Kräften zu kommen, denn den Sack empfand er immer leichter und leichter, so dass er, daheim angekommen, schon im Hof nach seiner Frau pfiff, die ihn aber schalt, dass er so lange geblieben und die Kinder noch nichts gegessen hatten. Doch er lächelte, was man bei der vorangegangenen Anstrengung doch nur deuten konnte und leerte den Sack, in dem sich nach den vorherigen Gewichtsvolumen eigentlich nur ein paar Kartoffeln befanden, welche die Frau sogleich einsammelte um einen Kartoffelbrei als Abendessen zu kochen.

Als der Kartoffelbringer begriff, dass er nur ein paar Kartoffeln nach Hause gebracht hatte, lief er zurück zu seinem Kartoffelacker räumte mit zitternden Händen das Kraut von den vermeintlichen Goldknollen, wühlte in diesen, doch es waren nur ganz gewöhnliche, noch dazu zum Großteil kleine Kartoffelknollen.

Der kümmerliche Weihnachtsbaum

Ein Baum, kümmerlich in seinem ganzen Äußeren, stand in der Reihe der ansonsten prächtig gediehenen, für den Weihnachtsmarkt gezüchteten Tannenbäume. Mochte eine Maus oder sonstiges Ungeziefer seine Wurzeln abgefressen oder sonstige andere Unbill den Baum in seinem Wachstum behindert haben, jedenfalls stand er einsam in seiner ganzen Kümmernis in den sonst mit dichten Nadeln, dunkelgrünen, gleichmäßig gewachsenen Ästen der anderen Bäume. Als der Bauer mit seiner Säge Baum um Baum schnitt, stutzte er ob es Kümmerlings, überlegte, ob es sich überhaupt lohnen würde, diesen Baum in die Stadt zu fahren, um ihn, wie all die anderen auch, zu verkaufen. Ob sich wohl ein Käufer dafür fände, dessen war er sich nicht gewiss. Doch er schnitt ihn trotzdem, denn es gab auch arme Leute in der Stadt und ein paar Euro würde er auch damit erzielen können. Und wenn nicht, vielleicht, wenn er alle anderen verkauft hätte, würde er, da er mit den anderen genügend Profit gemacht haben würde, ihn letztendlich sogar verschenken, denn er wusste, Menschen, welche solche Bäume kaufen würden, waren derart arm, dass sie erst nachdem alle anderen ihren Baum geschmückt und die Geschenkspakete bereits unter dem Baum verstaut hatten, der Heilige Abend wohl schon angebrochen war, der Strom der eigentlichen Käufer ohnedies bald versiegen würde. Und der Baum wurde mit all seinen wohlgewachsenen Gefährten auf den Traktor verladen, um in die Stadt gekarrt und dort feilgeboten zu werden. Rasch wechselten die schönsten der wunderbar gewachsenen Bäume den Besitzer, die weniger schönen Bäume zurücklassend. Aber auch die, sei es, dass sie gekränkt waren, weil es noch schönere als sie gab, lachten über den Kümmerling schadenfroh und reckten ihren Stamm, auf dass er stolz und gerade wurde, plusterten ihre Äste und Nadeln auf, um den potentiellen Käufern zu gefallen. Nur der arme Kümmerling mit seiner fahlen Farbe und den halb kahlen Ästen, welcher schon Zeit seines Lebens Wachstumsstörungen hatte und mehr oder weniger nur dahinsiechte, hatte keinerlei Kraft, es ihnen gleichzutun und so stand er unbeachtet in einer Ecke des Areals, wo die Christbäume zum Verkauf angeboten wurden. Nach und nach lichtete sich der auf Kreuzen stehende Christbaumwald, wurde schütter, bis auf ein paar nicht ganz mit ebenmäßigen Ästen versehenen Bäumen, aber auch die fanden alsbald einen Käufer. Während die wohlgeformtesten in den reichen Häusern Eingang fanden, kosteten sie auch viel mehr als die weniger schönen Christbäume, fand sich für unseren siechen kein Käufer. Es war schon spät abends und die ersten Weihnachtsbäume leuchteten bereits im Geflamme der Kerzen aus den Fenstern, da kam ein Bub, nicht mehr klein, aber auch noch nicht groß, um den Bauern zu fragen, was dieser Winzling wohl kosten würde. Der Christbaumverkäufer, der bereits dabei war, seinen Verkaufsstand zu reinigen, um mit seinem Traktor, mit voller Geldbörse und leerem Anhänger, nach Hause zu fahren, denn schließlich und endlich war auch für ihn Heiliger Abend. Er musterte das Kind, wusste es einfach nicht einzuschätzen, mit schrägen Augen, welche unter seiner Hutkrempe im Dunklen lagen. „Fünf Euro", sagte er daraufhin, bereit, mit dem Okkasionspreis noch hinunter zu gehen. „Ginge es nicht um vier?", fragte der Junge schüchtern. „Meinetwegen", daraufhin der Verkäufer. Der Junge bedankte sich und zählte ihm vier Euro in kleinen Münzen auf die Hand. Als er so nun die vier Euro in seinen Händen hielt, in der Hand des Jungen sich auch nicht mehr die kleinste Münze befand, nahm der Christbaumverkäufer die leere Hand des Jungen und drückte ihm die vier Euro in eben diesen kleinen Münzen wieder in die Hand zurück, ihm dabei frohe Weihnachten wünschend. Er setzte sich auf seinen Traktor, um mit seiner prall gefüllten Tasche, die ihm das Christkind durch die Hand reicher und wohlhabender Kunden gefüllt hatte, um mit dennoch mulmigem Gefühl nach Hause zu zuckeln. Am Dreikönigstag, als die Christbäume, von ihrem Schmuck und Lametta befreit, mit dürren Nadeln und zerzausten Ästen in den Vorgärten standen oder lagen, um von der Müllabfuhr abgeholt zu werden und, solcherart zusammengepfercht, sich noch mehr wiederfanden als auf dem Christbaumacker, kam einer der schönsten neben dem mickrigen Baum zu liegen. Verfrachtet auf einem Lastwagen, wo letztendlich beide in der Müllverbrennung ihr definitives Ende zu erwarten hatten. Wo die schönsten prahlten, in was für Häusern sie perfekt geschmückt gestanden hätten. Mit Gold und Lametta behangen, mit unzähligen Lichterketten umkränzt und wie majestätisch sie sich gefühlt hätten. Ihre Äste, von Engelshaar umwoben, und wie die Sternspritzer in den silbernen und goldenen Kugeln ihren Widerschein gefunden hätten, wobei sie durch ihr flammendes Kerzenlicht das Rundherum in eine mystische Welt versetzt hatten, zu ihren Füßen die aus Holz geschnitzte Krippe mit dem leuchtenden Stern von Bethlehem obenauf, umgeben von derart wertvollen Geschenken, die sich ein normaler Mensch überhaupt nicht vorstellen konnte. Während sie weiter schwärmten, vom Kristallluster, in dessen Lampen sich ihre Lichter brachen, von den goldfarbenen Damasttapeten an den mit Stuck verzierten Wänden, von den edelhölzernen Fußböden, auf welche sie zu geruhen standen, und es schien, als würde sich ihre Sprache sich derer anpassen, deren Gast sie waren. Nur das mickrige Bäumchen lächelte in sich hinein, denn es war sein schönstes Weihnachtsfest gewesen, dass es in seinem, wenngleich kurzem, Leben gab. Aber das hatten sie doch alle gemeinsam. Aber dieses Bäumchen hatte was Besonderes erlebt. Der Junge, dem es letztendlich geschenkt wurde, brachte es in seine gar armselige Wohnung. Und da nur eine armselige, kleine Deckenleuchte den Raum erhellte und so auch noch zwei kleinere Kinder und eine Frau im Krankenbett, es ihm gar nicht zu Bewusstsein kam, welch schäbiges Bäumchen es eigentlich war und es reckte und streckte sich, als man ein paar Schokoladenstückchen an seinen Ästen befestigte. Die kleineren Kinder glaubten wohl, dass das Christkind nur zu wohlhabenden Leuten käme. Als sich seine Nadeln so mit Watte überzogen, fühlte er sich zurückversetzt in die freie Natur, wo ihn Schnee und Eis mit seinen Nachbarn gleich machten, wo er ebenso stolz und erhaben wie die anderen Bäume, mit glänzenden Eiszapfen überzogen, wo sich der vom Himmel fallende Schnee sich kurz auf seine Nadeln legte, um so eine homogene Phalanx mit den Christbäumen rundherum einzugehen. Und als der Schnee beschloss, nicht mehr vom Himmel zu fallen, da keinerlei Wolken mehr anwesend waren, und das Licht des Mondes und der anderen Gestirne vom Himmel fiel, fingen die Schnee- und Eiskristalle zu glitzern und zu funkeln an, so dass sich eine strahlende Landschaft dem nächtlichen Himmel darbot und all die Bäume im gleißendem Licht majestätisch dastanden. Und so fühlte er sich auch jetzt, die schwachamperige Birne als Mond wähnend, dessen Licht sich leuchtend auf die Wattebäusche legte, um ihm dieses Gefühl von unendlicher Freiheit zu vermitteln und doch geborgen unter der Kinderschar zu verweilen. Und unter ihm stand eine Krippe aus Pappkarton mit einem gelben Stern auf ihrem Dach. Und sie stand mitten auf einem großen Tisch und der, der ihn gebracht hatte, der Größere, teilte die Suppe – es war eine Fastensuppe – mit der Frau, die sich aus dem Krankenbett erhoben hatte, und sie führte den Löffel mit zittriger Hand zum Munde. Doch glückselig lächelnd schaute sie durch ihn hindurch zu ihren Kindern, welche sie dank der Kahlheit seiner Äste und dem wenigen, was draufhing, auch erblickte. Nach dem Suppenmahle erhoben sich die Kinder, stellten sich in einer Reihe auf, um ihrer Mutter zugewandt „Stille Nacht, Heilige Nacht" zu singen. Während die Mutter mit tränenüberströmten Gesicht an ihren Lippen hing, ob des mit so viel Inbrunst gesungenen Liedes. Als es ausgeklungen war, hatten die Kinder kleine Päckchen in der Hand und eines nach dem anderen ging zu ihr, um auch ihr ein Päckchen, von ungeschickter Hand geschnürt, küssend zu übergeben. Jedes der Päckchen wurde von ihr auf den Tisch gelegt und nach deren Empfang begab sie sich wieder mit ihrer Krücke ins Bett. Die Päckchen wurden vom Größten nachgetragen und unter den wissenden Blicken der Kinder mit zitternden Händen von ihren Schnüren und vom Geschenkspapier befreit. Nachher trat der jeweilige Geschenkgeber vor, um die mittlerweile weinende Frau zu küssen und von ihr ans Herz gepresst zu werden. Und der Baum wurde Zeuge dieser unglaublich traurigen Szene, wo die Mutter, zärtlich über den Kopf ihrer Kinder streichelnd, ihre Wange tätschelnd, sich endlich auf ihr Kissen zurückfallen ließ.

Die Geschenke vor sich ausgebreitet, von losen Schnüren und Geschenkpapier umgeben. Nun schlief die Frau, während ein Kind jeweils jedem anderen ein Geschenkpaket überreichte. Besser Paketchen. Sie beschenkten sich mit Süßigkeiten, eine Tafel Schokolade oder ein Säckchen mit Pralinen, das sie sich von ihrem sicherlich kärglichen Taschengeld abgespart hatten, und mit Heißhunger machten sie sich über ihre gegenseitigen Geschenke her und das größte der Kinder holte ein Spiel aus dem Kasten und sie würfelten und würfelten, zwischendurch nach ihrer Mutter schauend, ohne Streit. Und der Baum fand, in seltener Harmonie. Denn wurde nur der Ansatz einer Disharmonie spürbar, legten die beiden anderen ihren Finger an den Mund, um gleichzeitig nach der schlafenden Mutter zu blicken. Und sie würfelten Stunde um Stunde, untermalt von Weihnachtsliedern aus dem Radio, bis zum Beginn der Christmette. Einer holte seine Matratze aus dem angrenzenden Zimmer, wo sie alle drei schliefen und legte sie neben Mutters Bett, um dort neben ihr zu schlafen und gleichzeitig über die kranke Frau zu wachen. Und eine Kerze war neben ihr angezündet, die bis in den Morgen brannte, um eine ganz und gar heimelige Atmosphäre zu schaffen. Und während sich der einstens schönste Baum sich noch in himmlischer Verzücktheit und schwelgend den schönsten Träumen hingab und der siechende Baum noch immer von der kranken Mutter mit ihren Kindern träumte, mit denen er – seiner Meinung nach – das gleiche Schicksal teilte, mit Ästen, die bereits alle Nadeln verloren hatten ... aber das tat jetzt nichts mehr zur Sache, denn soeben wurde der Container mit den vielen, ausgedienten Christbäumen in das Feuer der Müllverbrennung gekippt.

Der Wald

Es war ein Wald, der riesengroß sich von einem Tal, ein anderes querend, zum anderen erstreckte. Ein Mischwald, von einem kleinen Bach durchzogen, in dessen jungfräulichem Dickicht eines Jungwaldes sich Rehe und Hirsche ihr Rückzugsgebiet eingerichtet hatten, Wildschweine ihre Spuren hinterließen und Vögel aller Art in den Baumkronen ihre Nester bauten, Eichhörnchen und anderes Kleingetier in den Löchern der Bäume überwinterten und dort ihre Jungen zur Welt brachten, wo mancher Baum vom Borkenkäfer zerstört war, nadellos und dürr zwischen gesunden Laubbäumen stand und nur als Nahrungsquelle für Spechte dienend. Mit Laub bedecktem Waldboden, durch den sich die Pilze durchzukämpfen hatten, die als Nahrung von mancherlei Getier wie Schnecken und Raupen, oder sollte es sich um essbare Pilze und Schwammerln handeln, auch vom Menschen gesucht wurden. Ein Eichhörnchen lief eben einen riesigen Ast, der einer ebenso riesigen Eiche entspross, entlang. Eine Rotte von Wildschweinen, voran der Keiler, dahinter die Säue mit ihren Frischlingen, durchzog den Wald, durchwühlte den Boden und riss tiefe Furchen in die lockere Erde und durchackerte die Wurzeln der Bäume, riss kleine Bäume einfach um und hinterließ eine Spur der Verwüstung. In dem Bächlein, welches sie breitgetreten hatten, suhlten und badeten sie im Morast, um sich der Parasiten zu entledigen. Auf Äckern suchten sie nach Nahrung, pflügten nächstens ganze Erdäpfel- oder Kukuruzfelder um, drangen weit bis ins Dorf vor, um sich von dort wieder in den Wald zurückzuziehen. Am Waldrand äste eine Rehmutter mit ihren Kitzlein in den von den Jägern angelegten Wildäckern, nach allen Seiten äugend, ob Gefahr im Verzuge wäre. Die Jungen einer Fuchsfamilie mit ihrem nach vielen Seiten hin offenem Bau spielten gerade vor einer Eingangshöhle, wo eines davon, unvorsichtig genug, sich zu weit von der Höhle entfernte und so das Opfer eines großen Raubvogels wurde. Eine Elster, die gerade das Nest eines kleinen Singvogels geplündert hatte, und ein Kuckuck, der soeben sein Ei in das Nest eines anderen Baues legte, nachdem er die darin liegenden, halb ausgebrüteten Eier aus dem Neste geworfen hatte, ein Marder, der sich mit den Jungen eines Krähenpaares den Magen vollgeschlagen hatte – fressen und gefressen werden, wie bei den Bäumen, die dem Licht zustrebten und die anderen unter sich erdrückten. Es war alles Kampf, obwohl der Mensch den Wald als friedliche Oase wähnte. Aber alles war Kampf, wie alles in dieser Welt, ein Kampf ums Überleben.

Der Bach

Geboren im nahen Gebirge, zieht er durch das Tal, in mäanderartigen Windungen durchfließt er, beidseitig mit Buschwerk und Bäumen umsäumt, das fast gefälllose Tal, scheint sich oft nicht bewusst, welche Richtung er nehmen sollte, so dass es schon vorkam, dass er sich in manchen Talabschnitten wieder begegnete. Ein Rinnsal während der Trockenzeit, ein sich seines Bettes nicht mehr bewusster Bach, wenn sich eine braune Flut talabwärts wälzte und nur mehr die ihn umsäumenden Bäume und hohes Buschwerk seinen ursprünglichen Verlauf zu erkennen gaben.

Nach Abfluss der Brühe bequemte er sich, wieder in seinen alten Verlauf zurückzukehren, nachdem er jede Art von Zerstörung über das Tal gebracht hatte. Und das geschah mehrmals im Jahr. War es die Zeit der Schneeschmelze, wo das Wasser aus dem Gebirge kam, war es in der Zeit von hochsommerlichen Gewittern mit seinen sintflutartigen Regenfällen, sein Bett war schmal und verlandet, konnte die Wassermassen nicht aufnehmen, um sich, über das gesamte Tal ausbreitend, langsam talabwärts zu verschieben.

Es war die Zeit, in der die riesengroßen Tröge der Bewohner des Ortes, wo ansonsten die geschlachteten Schweine mittels Pech und heißem Wassers ihrer Borsten entledigt wurden, als Boote zweckentfremdet wurden, um mit langen Stangen durch das Wasser geschoben zu werden. Die gepeinigten Bewohner, für welche die alljährlichen Hochwasser bereits existenzgefährdend wurden, gruben ihm nun ein neues Bett, schnurgerade und tief, zusätzlich mit Dämmen versehen, so dass die Wasser, die aus dem Gebirge kamen oder den Wolken, nun durchs neue Bachbett abfließen konnten. Jenen Bach mit seinen vielen, vom Hochwasser zurückgelassenen Tümpeln, mit den Schatten spendenden Bäumen, mit seinem Buschwerk, der sich idyllisch durch das Tal schlängelte, gibt es nicht mehr.

Kukuruzhäuten

Ein riesiger Haufen von frisch gebrochenen Kukuruzkolben lag in der Scheune, um enthäutet zu werden. Der so genannte Joker lag tief unten versteckt, so dass er erst zu finden war, wenn der Haufen nur mehr ein Häuflein war und welcher mit allerlei Früchten gefüllt war, um beim letzten Kolben bei Most und Speck verzehrt zu werden, je nach Anzahl der Leute, großteils aus der Nachbarschaft gekommen, um mitzuhelfen. Es war eine Arbeit, die erst abends begonnen wurde, wenn die vorrangigen Arbeiten abgeschlossen waren, die oft bis spät in die Nacht andauerten. Auch die Kinder des Hofes, sofern sie die Arbeit bereits bewerkstelligen konnten, schälten emsig Blatt um Blatt von den Kolben, rissen sie vom Stängel, um nur zwei Stück auf dem Kolben zu belassen, welche verknotet, um auf langen Stangen unter dem Hausdach zum Trocknen aufgehängt zu werden.

Während der Arbeit ging es meistens sehr fröhlich zu, Witzeerzähler hatten hier vor gemischtem Publikum ihre großen Auftritte und sofern keine Kinder anwesend waren oder hätte man diese schon zu Bett gebracht, fielen diese oft auch sehr deftig aus. Dazwischen wurde dem Dorftratsch Genüge getan, über manchen oder über manche wurde der Stab gebrochen, ob gerechter- oder ungerechterweise. War man am Sonntag vielleicht ins Kino gegangen, vielleicht sogar mehrere der Kukuruzschäler, war ein langer und anhaltender Gesprächsstoff fixiert und genüsslich eine Szene, wenn auch nicht filmkonform, nach der anderen in Erinnerung gerufen, darüber gelacht, wenn sie komisch war, mokiert, wenn ein so genannter Böser sich dem ansonsten freudigen Geschehen entzog und nicht mitspielte, wie die anderen es wollten. Es waren ausschließlich Liebes- oder Heimatfilme, die man zur damaligen Zeit in den Kinos zeigte, erfrischend und erbauend, denn schlussendlich kamen immer die Richtigen zusammen und der Bösewicht hatte immer das Nachsehen. Hatte man schon das Ende besprochen, fiel einem Kinobesucher garantiert eine noch nicht erörterte Szene ein und einem anderen wiederum ein noch nicht besprochener Dialog, bis langsam auch dieses Thema einschlief, es sei denn, man griff auf einen anderen Film zurück, welcher nach und nach in eben erörterter Form durchgeackert wurde. Doch immer müder wurden die Hände und skeptisch wurden die Blicke, ob die Arbeit heute überhaupt noch zu schaffen wäre. Endlich war aus dem riesigen Haufen ein Häuflein geworden, der Klingelbeutel, wie er genannt wurde, bereits gefunden. Und mancher seinen gekrümmten, schmerzenden Rücken geradebog, um sich wiederum den nun schon zusammengeschmolzenem Haufen von Kukuruzkolben erneut zu widmen, das nahe Ende dieser Arbeit herbeisehnend.

Der Wind

Der Wind blättert neugierig in der Zeitung, um seinen ungestümen Wissendurst zu stillen. Mochte er auch noch so viel auf seiner hektischen Wanderung sehen und erleben und hatte er schon so manches Feuerlein zur Feuerbrunst entfacht, er war ein verspielter Geselle. Erhebt die Drachen himmelwärts, bläst die Schiffe über das Wasser, befruchtet die Blüten, welche nach ihm benannt sind, lässt die Schneeflocken tanzen, treibt die Wolken über das Land, lässt die Wälder rauschen und die Getreidefelder wogen, treibt im Herbst die Blätter durch die Straßen, weht den Staub in die Augen der Passanten. Ein Schelm, ungezogen, aber gutmütig. Aber sein Vetter, der Sturm, wenn der das Meer wühlt, die Wassermassen gegen das Ufer peitscht ...

Eine archaische Geschichte!

Undank ist der Welten Lohn
(der kleine Saurier)

Es war in alter Zeit. Die großen Saurier von vor fast 65 Millionen Jahren, von den Meteorkatastrophen schon lange vernichtet, aber kleinere schafften es, ihrer Vernichtung zu entgehen und bis zum Auftauchen des ersten Menschen zu überleben. Aber auch diese ersten Menschen waren noch Jäger und so waren die kleinen Saurier und die Menschen Rivalen geworden und eines war klar: Für beide war kein Platz auf dieser Erde. Und so rotteten sich die Menschen zusammen, um diesen noch in großer Vielzahl lebenden Reptilien den Garaus zu machen. Auf einer Lichtung in einem sie umgebenden großen Wald hatten sich einige Menschen aus Holz und Ästen und Blättern einige Hütten gebaut und fanden im Wald ihr Nahversorgungsgebiet vor. Es gab Wild in jeder Menge, so dass ihr Dasein gesichert schien. Doch urplötzlich wurde ihr Jagdwild weniger, worauf es ihnen schwerfiel, sich und ihre Familie zu ernähren, bis ein Jäger den Grund dafür entdeckte, denn er sah ein Tier, noch größer als ein Wisent oder ein Mammut, von der Form eines Reptils, als es gerade einen Hirschen verschlang. So schnell ihn seine Füße trugen, rannte er zum Dorf zurück, um diese unfassbare Tatsache, durch viele Gesten und Geschrei unterbrochen, der Dorfgemeinschaft mitzuteilen. Und da ihm die Worte fehlten, dieses Getier zu beschreiben, nahm er einen Stock und zeichnete dieses Tier in den staubigen Boden. Einer der Ältesten wiegte bedenklich den Kopf und meinte, er hätte in seiner Kindheit davon schon gehört, nur gesehen hätte er dieses Tier noch nicht. Aber er wusste, dass die Menschen von überall fortzogen, wo so ein Tier in Erscheinung trat, da sie zu dessen Beute auch die Menschen zählten. Und der Alte wiegte mit sorgenvoller Miene nachdenklich den Kopf. Er wusste zu berichten, dass solch ein Untier ganzen Sippschaften den Garaus gemacht hatte und sie beschlossen, da sie in großer Überzahl waren, dieses bisher noch nie gesehene Tier selbst zu jagen, zumal sie keinesfalls selbst die Gejagten werden wollten. Und sie machten sich mit ihren Keulen, Speeren und Pfeilen und Bogen auf, um das noch unbekannte Tier zu jagen und diese Gefahr ein für alle Mal zu eliminieren. Als sie tiefer in den Wald eindrangen, hörten sie schon ein fürchterliches Gebrüll, welches die Keulen, Speere und Pfeile erstarren ließ. Aber so unbesiegbar, wie es sich anhörte, war er trotzdem nicht, denn er war nicht so groß, als sie ihm Aug in Aug gegenüberstanden, wie ihn der Entdecker geschildert hatte. Allerdings hatte er ein zahnreiches Gebiss mit langen Zähnen, Unter- und Oberkiefer in perfekter Form. Und sie kreisten den Saurier ein, wobei ihnen die Deckung durch die vielen Bäume zu Gute kam. Die logische Konsequenz: Er lag, aufgespießt von unzähligen Speeren, bespickt mit hunderten von Pfeilen und mit unzähligen blutenden Wunden, von Keulen ausgeschlagenen Zähnen, gemeuchelt auf dem Waldboden. Und sie feierten mit einem Jubelschrei ihren Sieg und sie fixierten ihn mit einem Strick und zogen ihn jubilierend ihrer Behausung entgegen, unbemerkt verfolgt von einem winzigen Küken, das kläglich piepsend den Spuren seiner nun toten Mutter folgte, unbeachtet von den sich im Siegesrausch befindlichen Urzeitmenschen. Auf dem Dorfplatz umtanzten sie mit fuchtelnden Speeren und schwingenden Keulen den getöteten Gegner, so dass dem kleinen Urzeittierchen die Nähe zu seiner Mutter verwehrt wurde. Die übrigen Dorfbewohner umstanden in einem weiten Kreis diese makabere Szene, bis auf ein kleines Mädchen, das plötzlich von einem kläglichen, kleinen Wesen gestupst wurde, worauf es hinuntersah und ein jämmerliches, kleines, nacktes Tierchen entdeckte, welches sich an ihren Füßen rieb. Sie nahm das kleine Wesen, nicht größer als ein Vogel, zu sich empor und war verwundert über das eigentlich hässliche Aussehen dieses, wie sie meinte, nacktesten Vogels, der so kläglich jammerte, dass ihre zuerst ob der Hässlichkeit entstandene Antipathie in Mitleid mit dem armen Tier umschlug, waren doch die Jungen der Geier und Adler um keinen Deut schöner. Und sie wickelte das zitternde Vögelchen, was sie eben als solches wähnte, in ihre Feenschürze, um es mit nach Hause zu nehmen. Sie wusste jedoch, bei ihren Geschwistern hätte es keine Überlebenschance gehabt, hatte sie doch ein Geierbaby, das aus dem Horst gefallen war, nach Hause gebracht und dieses Baby, das sie geliebt und gefüttert hatte, war eines Tages verschwunden, gebraten von ihren Brüdern. Und dieses sollte mit diesem Baby nicht passieren. Daher überlegte sie noch vor ihrer Hütte und ging in den nahen Wald, um ihrem Findling ein Nest zu bauen, mit Ästen, die sie von den Bäumen brach, machte es innen kuschelig, indem sie es mit trockenem Gras auslegte, noch ein paar Äste beiseitelegte, so dass es das kleine Wesen wohlig warm haben sollte und weder Raubvögel noch anderes Getier es finden würden. Während das übrige Dorf noch feierte und Stücke des erlegten Sauriers gebraten hatte, um mit Wollust das Fleisch des Tieres zu verzehren, nahm das Mädchen die halb abgenagten und weggeworfenen Stücke an sich, um damit ihr Findelkind zu füttern, welches gierig die ihm dargebotene Speise annahm. Tag für Tag stahl sie sich aus ihrer Hütte, um mit geklauten Speisen ihren Schützling zu füttern, was der „Vogel" ihr dankte, indem sie ihn streicheln durfte. Er verließ nie das Nest und wartete geduldig auf seine Fütterung, welche nicht immer aus Fleisch bestand, sondern auch aus Knollen aus dem Wald, welche die Dorffrauen ausgruben und die zur Verköstigung der Gemeinde beitrugen. Schnell, allzu schnell wuchs das Findelkind und brauchte immer mehr Futter. Außerdem wurde das Nest zu klein, was das Mädchen veranlasste, ein neues, größeres und tiefer im Wald gelegenes anzulegen. Doch eines Tages, als das Mädchen etwas verspätet wieder Futter brachte, war das Nest leer. Das Mädchen saß nun betrübt vor dem leeren

Nest, als der kleine Streuner – von „Vogel" konnte schon seit einiger Zeit keine Rede mehr sein – mit einem kleinen Hasen im Maul daherkam, sich in seinem Nest verkroch, um den kleinen Hasen gierig zu verspeisen, das Mädchen keines Blickes würdigend. Das Mädchen beließ ihr mitgebrachtes Futter vor dem Nest, nun etwas traurig, um sich nach Hause zu begeben. Am nächsten Tag kam sie wieder. Sie hatte mit viel Mühe und Verzicht auf ihr eigenes Essen das Futter zusammengestohlen und es ihrem Schützling gebracht. Doch wieder war er nicht hier und als er kam, zog er ein Rehkitz hinter sich her. Zum Tragen war es ihm wohl zu schwer. Und wieder verspeiste er das halbe Reh vor den Augen des entsetzten Mädchens. Sie beließ ihm trotzdem auch ihr eigenes Essen und ging tieftraurig nach Hause. War es, dass sie vermeinte, dass ihr Schützling sie nicht mehr brauchte oder nahm eine klitzekleine Angst vor diesem undefinierbaren Tier von ihr Besitz? Jedenfalls, als sie das nächste Mal zu ihm in den Wald ging, nahm sie keinerlei Nahrung für ihn mit, in der Hoffnung, dass er sich nun langsam selbst versorgen könne, was er ja auch schon bewiesen hatte. Tatsächlich, da er das vom Mädchen gestern mitgebrachte Fressen schon nicht geschafft hatte, stattdessen Teile des Kitzes fraß, vollendete er an diesem Tag sein Mahl, ohne wiederum das Mädchen auch nur eines Blickes zu würdigen. Wiederum ging das Mädchen traurig nach Hause, nun im Glauben, ihren Schützling verloren zu haben. Aber so einfach konnte sie nicht loslassen und so ging sie tags darauf wieder in den Wald, um nach ihrem Findelkind zu schauen. Jenes jedoch erwartete sie gurrend und fauchend. Als das kleine Mädchen das Tier zu beruhigen versuchte, ihm zärtlich über seinen Kopf streichelte, schnappte es mit seinen über und über mit Zähnen bewaffneten Maul nach ihrem Händchen, um mit einem Biss es abzutrennen und zu verschlingen. Nachdem das Tier sich der Qualität des jungen Menschenfleisches bewusst wurde und das geschockte und bereits tödlich verletzte Mädchen so dalag, verschlang es auch noch den Rest.

Ein Dorf an der Grenze

Der Bach, der alljährlich mit seinen Wassermassen das Tal über-
flutete, die pannonischen Wolkenbrüche, wo man vermeinte, die
schwarzen, schwangeren Wolken würden ihre Fracht nur in diesem Tal verlieren, wenn die Unwetter über das Land zogen, wenn
der Hagel manch verwittertes, strohbedecktes Dach leck schlug,
wobei man dann nicht wusste, sollte man das Wasser, welches
von der Decke rann oder welches durchs Fenster und Türen kam,
zuerst bekämpfen. Ausgeliefert den Elementen. Im Sommer der
Dürre und den Unwettern, im Winter dann dem meterhohen
Schnee und der eisigen Kälte, wenn die Winterstürme über das
Land bliesen. Wir alle, Kinder, Erwachsene und Alte, waren Gefangene dieses armen Landes, mit seinen schweren, lehmigen
Böden, die man nicht bearbeiten konnte, wenn die Dürre über
das Land hereinbrach, mit jährlich überschwemmten, moorigen Wiesen, wo das Heu davonschwamm und im Winter meterhoch aufgetürmte Schneewechten, wo man sich erst einen Weg
freischaufeln musste, um zu den Ställen zu gelangen. Wenn der
Sturm derart gewaltig an den Fenstern rüttelte, dass sich die
Kinder angstvoll auf der Bank unter dem Herrgottswinkel anei-
nanderkuschelten, weil er unter anderem die am Draht von der
Decke hängende Petroleumlampe jäh zum Erlöschen brachte,
wobei nicht selten parallel zum Wind ein infernalischer Regen
herabprasselte. Aber bei den Kirchtagen, da protzte man mit
dem wenigen, das man hatte. Die Mädchen bekamen ein neues Kirchtagskleid und mochte es nur neu geschneidert sein und
das Jüngere bekam eines vom Älteren und so ging es in einem
fort, so dass es sich schon ergab, dass diese Kleider oftmals als
immer wieder erneuerte Kleidungsstücke ein halbes Dutzend
Kinder auf dem Buckel hatten. Aber die Älteste bekam meistens,

was eigentlich logisch war, das neueste Kleidungsstück, sofern es notwendig war. Die traditionellen und legendären Kirchtagsraufereien ergaben sich notgedrungen um die Gunst von Dorfschönheiten, wobei meist Burschen aus anderen Dörfern ausschlaggebend waren, da sie eben den einheimischen Schönheiten den Hof zu machen versuchten, was diese logischerweise nicht wirklich goutierten. Man ließ es sich einfach nicht gefallen, gab es doch im eigenen Dorf Bewerber genug. Und schließlich waren auch aus dem anderen Dorf Verbündete dabei und so kam es, wie es kommen musste, in kürzester Zeit war die Schlacht um die Dorfschönheit in vollem Gange, noch aufgeheizt durch den zuvor genossenen Alkohol, so dass auch manchmal unbeteiligte Zuschauer zum Handkuss kamen. Aber schließlich ging der Nebenbuhler aus dem anderen Dorfe als Sieger hervor und er bekam sie doch, wobei die Angebetete ihn zudem liebte. Als Einstand hatte er praktisch eine anständige Tracht Prügel bezogen. Nicht selten wurden in diesem Zusammenhang auch andere Unstimmigkeiten in der Hitze des Gefechtes ausgetragen. Aber am nächsten Tag war alles vergessen, trug auch mancher noch eine Beule oder ein blaues Auge vor sich her.

Die Bank am See II

Ich sitze auf einer Bank am See. Welle auf Welle schlägt an das Ufer, kräuselt sich den flachen und unbewachsenen Strand entlang und lässt die angeketteten Boote schaukeln. Bäume, deren tief hängende Äste das Wasser berühren, vom Wind zur Seite gedrückt. Ein paar Enten quaken, unsichtbar im niederen Schilf am Rande des Ufers. Das Schilf beugt sich schwankend der Brise, welche sich nun verstärkt und das Wasser vor sich hertreibt. Ein Entenschwarm wagt sich dennoch auf den See hinaus, jedoch um bald darauf kehrtzumachen, um wieder im sicheren Schilf zu verschwinden. Nun stemmen sich die Äste der Trauerweiden mit ihren fliegenden Blättern einem erstarkten Wind entgegen. Die Enten quaken wieder in nächster Nähe. Ein Hund bellt. Wahrscheinlich hat er die Enten entdeckt, welche nun wild quakend das Weite suchen. Der Wind wird stärker, unangenehm und kalt bläst er heran und vertreibt mich von meiner Bank. Keiner der ansonsten haufenweise vertretenen Fischer bevölkert heute das Ufer. Die Wogen gehen hoch. Der Wind beugt die Bäume. Ein Gewitter zieht auf und dunkle Wolken schieben sich über den See heran. Erstes Wetterleuchten am Horizont, dann plötzlich prasselt ein Regenschauer von einem nun schwarzen Himmel, nur kurz, dann schiebt sich die Wolkenbank von dannen und ein blauer Himmel überstrahlt wieder den See, ein fernes Grollen des abziehenden Gewitters zeigt dessen Weg. Und die Wellen schlagen an das Ufer.

Das hölzerne Kreuz

Verwittert von Sonne, Regen und Schnee, stand das Kreuz an einer Kreuzung zweier Feldwege, umgeben von einem nicht minder verwitterten Zaun, der von Unkraut überwuchert war. Der hölzerne Christus, kärglich geschützt durch ein halb bogenförmiges, aus Blech gefertigtem Dach, das jedoch aufgrund seiner geringen Tiefe kaum den diversen Spielarten des Wetters wie auch der im Sommer darauf brennenden Sonne trotzen konnte und somit außerstande war, dem fortgesetzten Zerstörungswerk etwas entgegenzusetzen. Die Spitzen der Dornenkrone waren stumpf und grau, das herab- und vornüberhängende Haar, dessen Holz brüchig und zerrissen war, in dessen Vertiefungen man noch Farbreste erkennen konnte, die Wunden – das Blut – rot und verschwunden. Der Nasenrücken farblos, das restliche Gesicht zerschlissen und von einer brüchigen, undefinierbaren Farbe gezeichnet, wie der gesamte Korpus. Das hölzerne, eicherne Kreuz, auf das der Korpus genagelt war, zersprungen, und nur knapp unter der blechernen Überdachung konnte man noch etwas von der Farbe erkennen, mit welcher das Kreuz ursprünglich gestrichen war. Einstmals errichtet zum Dank für Errettung aus höchster Not von einem reichen Bauern, dem sein Pferdegespann samt Kutsche durchgegangen war und dessen Wagen sich auf dieser Kreuzung überschlagen und den Bauern vom Wagen geschleudert hatte, der jedoch unverletzt geblieben war, während die scheuenden Pferde auf und davon galoppierten, die zertrümmerte Kutsche hinter sich herziehend, und irgendwann und irgendwo zum Stehen kamen. Der Bauer, welcher das Kreuz errichten ließ, war schon lange verstorben, seine Erben jedoch vergaßen die wunderbare Rettung samt der daraus resultierenden Erbauung des Kreuzes und sie überließen es seinem Schicksal. Neulich jedoch war ein Herr aus der Stadt hier, vermaß und fotografierte das uralte Kreuz. Wie es hieß, war es ein Mann vom Landeskonservatorium oder vom Denkmalamt, die jetzt angeblich die Kapellen, Marterln und Kreuze im ganzen Land registrieren, um sie als Kulturdenkmäler zu restaurieren, denn jedes Kreuz, jede Kapelle und jedes Marterl hat seine eigene Geschichte, welche sie noch aus Erzählungen und alten Aufzeichnungen zu eruieren versuchen.

Der Dorfschmied

Obwohl ein Mann älteren Jahrgangs, steht er seinen Mann. Klein, von gedrungener Natur, mit Oberarmen, die sie bei sich so mancher gerne als Oberschenkel gesehen hätte, bullig, mit mächtigen Händen, die einen Hammer zu schwingen wussten, um glühendes Eisen auf dem Amboss zu formen Mit seinen Pranken beschlug er die Hufe der Pferde neu. Er formte das Eisen derart, dass es wieder den beschnittenen Hufen angepasst war. Die von den Pferden gezogenen Wagen, deren Räder und Deichselgestelle fasste er ebenso in Eisen wie auch Zäune und Tore mit blättrigen und geschwungenen Arabesken mit Hilfe seiner verschiedenartigsten Hämmer. Er verstand, sie perfekt zu modellieren. Immer fleißige, ruhelose Hände, die das Eisen schlugen, um ihm eine neue Gestalt zu verleihen. Die Pferde wurden weniger, der Wagner lieferte immer weniger Wagen und die noch mit Hand geformten, schmiedeeisernen Tore und Gitter verloren sich nach und nach in dieser neuen Zeit. Der fleißige Dorfschmied, durch dessen Kraft und Können eine Unzahl von Pferden und Wagen durch seine Hände gegangen waren, der einstens im Dorf eine respektierte und geachtete Person war, da er immerfort gebraucht wurde, ja, der alte Dorfschmied beschlägt als alter Mann noch immer die Pferde des Reiterhofes unweit des Dorfes, denn weit und breit gibt es keinen Schmied, geschweige denn einen Hufschmied mehr.

Die Grenze

Zu weit lagen die Städte beider Länder auseinander, als dass ihre Strahlkraft sich an die Landesgrenzen verirrt hätte. Dünn besiedelt beiderseits der Grenze, Land, das kärglich benutzt von den Bauern und Keuschlern, ohne Industrie, ohne Absatzmöglichkeiten ihrer Produkte. Nur wenn ein Stück Rindvieh verkauft werden konnte, kamen Händler, um es in der Stadt weiterzuverkaufen, mit geringem Gewinn, denn auch diese Stadtmenschen waren, bis auf wenige, nicht mit Gütern versehen und Fleisch stand nicht auf ihrem Tagesmenü. Und der Krämer brachte aus der nächstgelegenen Stadt die Artikel, die notwendig waren, um zu überleben. Wie Salz, Zucker, Schnürsenkel, Schürze oder Hemd, im Eintausch gegen Eier, denn es gab kein Geld. Höchstens beim Verkauf von einer Kuh oder einem Schwein. Und damit musste man sparsam umgehen, denn wie der Volksmund sagt: Geld hat einen heiklen Schweif. Was bedeutete, Geld hatte einen schlüpfrigen Schweif und es war schwer, es in seinen Händen zu behalten. Die Armut war nicht nur ein ständiger Gast an der Grenze, auch der Hunger war nicht unbekannt, die Missernten das Land in Knechtschaft verfallen ließ. Und so wurde der Greißler reicher und reicher. Natürlich war er auch ein Kreditgeber, bei dem man anschreiben ließ. Bis wieder ein Schwein oder ein Schaf oder eine Kuh zum Verkauf anstand. So trug alsbald das Dach seines Hauses rote Ziegel vor sich hin mit einer gelb gefärbten Fassade darunter und ein Käufer durch die Türe schritt, die dort angebrachte Glocke den Ladenbesitzer in den Kaufraum rief, denn meist befand er sich in irgendeinem der Lagerräume, wo er das sich zu Verkaufende sortierte, sei es, gerade Zucker aus einem großen Sack in kleine Tütchen wiegend und verpackend, sei es, gerade aus einem großen Fass Petroleum in kleine Flaschen auffüllend, und so kam er, seine Hände in seinen Schurz wischend, aus den verschiedensten Räumen hervor, beim Anblick von manchen Kunden verfinsterte sich jedoch sein Gesicht, hatte er doch schon zu viel angeschrieben, so dass wohl ein verkauftes Schwein nicht ausreichte, um das bereits Angeschriebene abzudecken und so manchmal zu einkaufenden, meistens Frauen, die Summe des Angeschriebenen zu sagen. Der Einkaufende, der eigentlich ein ganzes Kilo Zucker zu kaufen gedachte, um ihn um ein halbes zu reduzieren. Die mitgebrachten Eier dem Kaufmann zu übergeben, der sie zugleich von dem Verrechnenden abzog, um den Rest wieder dazuzuschreiben. Unwirsch, als er der bereits gestundeten Summe die neue hinzurechnen musste. Als die Glocke die kleine Keuschlerin mit schamvoll gesenkten Blick wieder entließ, machte sich ein ebenso armes Weib unterwürfig daran, die Türe des Ladens zu öffnen und das Gebimmel der Glocke dem Krämer kundtat, dass jemand das Geschäft betreten hätte. Arm waren die Menschen diesseits und jenseits der Grenze, obwohl sehr viele die gleiche Sprache sprachen, den gleichen Dialekt, waren sie doch gemeinsam angesiedelt worden, in das einst menschenleere Ödland, deren ehemalige Bewohner man ausgerottet oder in Sklaverei entführt hatte. Doch nun ließ eine neue Grenze, willkürlich gezogen zwischen Ländern, wo ein eiserner Vorhang später für Jahrzehnte errichtet werden würde, und die jenseits des Verhaus Verbliebenen wird man in Eisenwaggons pferchen, um sie dorthin zu schicken, in dieses Land, wo sie vor vielen Jahrhunderten aufgebrochen waren, eine neue Heimat zu finden.

Es Schneit!

Es ist kalt, bitterkalt und es dämmert. Schneeflocken tanzen beim Schein der Straßenlaternen umher. Bei jedem Tritt knirscht der Schnee unter den Schuhen. Sonst Stille. Hell erleuchtete Fenster auf beiden Seiten der Straße mit offenen Vorhängen, so dass man in das Innere der Häuser blicken kann. Manche haben jedoch die Vorhänge zugezogen, so dass je nach Dichte der Vorhänge wenig Licht sie zu durchdringen vermag.

Manche haben die Rollos oder Balken so fest verschlossen, dass kaum ein Lichtstrahl nach außen dringt, so dass düster das Haus daliegt. Beim Vorübergehen kläfft ein Hund am Zaun, belässt es jedoch auf sich, als die Schritte außer seiner Reichweite und Wahrnehmung sind. Die tanzenden Flocken werden dichter und dichter, schwer schweben sie zur Erde, legen sich mit ihrem Gewicht auf alles Horizontale, das sich ihnen in den Weg stellt, türmen sich auf den Zäunen, auf den Laternen und Dächern, überziehen flächendeckend die Straße. Der dichte Schneefall verwischt die Spuren des einsamen Gehers, macht sie lautlos, seine Orientierung sind die Straßenlaternen, die trübe und entfernt durch den Schneefall schimmern. Es schneit anhaltend durch die ganze Nacht.

Die Lichter der Fenster verlöschen nach und nach. Nur die Lampe der Straße mit ihrem kargen Schein, die schneebedeckten Häuser und die Straße, bis das Licht manchen Fensters, eines Frühaufstehers, wieder auf die schneebedeckte Straße fällt und das Räumfahrzeug mit scherenden Schildern die Straße entlangfährt, in die dicht fallenden Flocken hinein.

Manch eisenbeschlagene, hölzerne Schneeschaufel schiebt den ellenhohen Schnee von ihrer Haustür. Und weiter fällt der Schnee, dicht und in großen Flocken, vom Himmel.

Michael, der Zigeuner

Der riesige Fuß des mächtigen Koloss von Rhodos war ein Kümmerling gegen das Monster von Kriegsfuß, auf dem Michael mit der deutschen Sprache stand. Der permanente erfolglose Kampf gegen die Tücken dieses gigantischen germanischen Lautenlabyrinths erforderte ein gewisses Selbstbewusstsein, zumal Michael nicht einmal im Traume, besser, in einem seiner Träume daran dachte, sich mit diesem ernstlich auseinanderzusetzen. Allerdings war er sehr ungehalten, wenn sein Gesprächspartner trotz intensivster Aufnahmebereitschaft, welche sich im Vorlegen der Ohren, im offenen Mund und in starren Augen, welche auf Michaels Sprachkonglomerat, welches bröckelnd und vermischt mit öliger, ungarischer Membran aus seinem Mund kam, manifestierte, ihm nicht so recht folgen konnte. Er war dabei, die deutsche Sprache von all ihrem Ballast zu befreien. Der Artikel „der" wurde als einziger Artikel anerkannt. Alles war „der": der Kuh, der Schwein, der Gans, der Haus. Er spielte russisches Roulette mit dieser Sprache. Der Dichter und Denker. Logischerweise passte der Artikel „der" zu vielen seiner gebrauchten Hauptwörter. Seine akrobatische Satzbildung, welche er auf einem Seil ohne Netz zum Besten gab, war nie mit einer Bodenberührung verbunden, was daran lag, dass er den nächsten Trapezakt bereits vollführte, bodenfern, denn der nächste Akt war bereits im Anrollen. Seine Aussagen entbehrten nicht einer gewissen Skurrilität. Wenn ihm etwas missfiel, was ihm in sehr schönen Ausdrücken der deutschen Sprache einen gewissen Humor verlieh, um so seine unterschwellige Intellektualität zu dokumentieren, denn die schimmerte trotz seines Auf-dem-Kriegsfuß-stehen-mit-der-deutschen-Sprache immer wieder durch.

Das steinerne Wegkreuz

Seit Urzeiten stand das steinerne Wegkreuz am „Toten-Mann-Feld". Und wie man sich von Generation zu Generation weitererzählt, wäre es zur Erinnerung an einen ungesühnten Mord aufgestellt worden, schon zu Urzeiten. Wie viele Generationen man zurückzuzählen gezwungen war, wusste niemand. Nur, dass hier an dieser Stelle ein Mann von Unbekannten erschlagen wurde, gab der Volksmund weiter. Daher der Name „Toten-Mann-Feld". Mochte ein Wegelagerer diesem Mann aufgelauert haben, war es ein Racheakt eines durch diesen Mann Benachteiligten, war es ein Eifersuchtsmord? Niemand weiß es heute mehr und die Chronik schweigt darüber. Nur, dass der Ermordete ein begüterter Zeitgenosse gewesen sein musste, lag aufgrund des sicher teuren, marmornen Kreuzes auf der Hand, zumal der Korpus des Herrn von einer besonderen künstlerischen Hand aus dem Stein geschlagen wurde. Seine halb geschlossenen Lider, die Adern, die naturgetreu aus den Händen und Füßen hervorstachen, der Kopf, der, leicht zur Seite geneigt, schlaff, durch das Kinn gestützt, auf dem Brustkorb hing, die Beine, die leicht angewinkelt all das Gewicht des Körpers an den ausgezogenen Händen hängen ließen, die offene, klaffende Wunde, von einer römischen Lanze geschlagen, die Dornenkrone, die kunstvoll aus dem Stein geschält, mit den vorne überhängenden Haaren, welche einzeln auf die schweißdurchtränkte Brust hingen, die Füße und Hände mit bronzenen Nägeln an das marmorne Kreuz genagelt. All das war ein Kunstwerk von einsamer Größe. Dieses jahrhundertealte Gedächtniskreuz verschwand eines Nachts, von Kunstdieben ausgegraben, so dass nichts mehr an den Mord erinnert als der Name. An dem er geschah: „Toten-Mann-Feld."

Altweibersommer

Der Sommer stahl sich langsam auf leisen Sohlen davon, das vorher noch hochstehende Segment der Sonne verlor sich im großen Radius. Verkürzte die Tage und wurde offen für frische Nächte und späteres Aufgehen der Sonne im Osten. Die Luft wirkte transparenter als die einstmals flimmernden Luftwogen, die flirrend über dem Land lagen. Häuser und Bäume fingen an, längere Schatten zu werfen und der Nebel stieg aus den dunklen Moorenwiesen und lag zerfranst zwischen den hochstehenden Moordisteln, bevor er sich auflöste.

Der Herbst

Der Herbst schaut unübersehbar durchs Fenster. Wiegende Äste auf bunt bemalten Bäumen, deren zitternde Blätter flimmernd sich dem Winde ergeben. Ein klarer, blauer Himmel, aus dem eine Lerche mit gespreizten Flügeln segelnd, fast stehend, nur auf dem Druck des Lüftchens balancierend, und eine Amsel, eifrig pickend mit dem Schnabel das kurz geschorene Gras nach Fressbarem absuchend. Ein plötzlicher Windstoß reißt einige Blätter von den Bäumen, streut sie schaukelnd auf den Rasen, so dass sich ein bunt gefleckter Teppich unter den Bäumen breitmacht, dessen Grundton graugrün ist. Die Lerche erschreckt, stürzt sich nun zur Erde herab, um sich kurz davor abzufangen und wieder in der Luft zu segeln, um das Land unter sich zu beobachten. Jener Ahornbaum, dessen rot gefärbte Blätter noch dem Winde trotzen, steht mit seiner mächtigen Krone unbeschadet in der Landschaft. Der Laubwald auf den nahen Bergen zieht sich wie ein feuriges Band am Horizont dahin. Trotz des bunten Treibens der Natur ist es nur ein letztes Aufflackern, das das Auge fröhlich stimmt, denn es erkennt die Vergänglichkeit des farbenprächtigen Sich-zur-Schau-Stellens der Natur. Und bald werden sich die Nebel übers Land legen, um Farben und Laute zu ersticken, bis der Schnee fällt, um das Land darunter zu begraben.

Herbstnebel

Ich schaue durchs Fenster auf die kahlen Obstbäume. Sie haben ihr Laub weitgehend verloren, nur ein paar der braunen Blätter klammern sich noch hartnäckig an Zweige und Äste. Starr und bizarr hängen sie in der grauen Brühe des nieselnden Nebels und irgendwann werden sie die Sinnlosigkeit ihres Handelns erkennen und sich zur Erde fallen lassen. Das Auge reicht nicht weit, der Nebel beengt die Sicht, so dass sich die lange Reihe von Obstbäumen, welche den Garten säumen, in nichts aufzulösen scheint. Eine unwirkliche Stille umhüllt den Garten, sogar das Motorengeräusch der vorbeifahrenden Autos auf der nicht weit entfernten Straße schluckt der Nebel, fängt ihn und lässt ihn langsam auf die mit Wasser vollgesogene Wiese fallen, wo er langsam zwischen ihren kurz geschorenen Gräsern ertrinkt. Stille, eine gar nicht angenehme Stille, die über dem Garten lastet. Eine Zeit, wo der Betrachter sich auf seine ebenso begrenzte Zeit zu besinnen beginnt, denn wie lange ist es her, dass diese Bäume in wundervoller Blütenpracht standen? Kurz danach, als die Früchte reiften und man sie von den Bäumen pflückte, um sie im Keller für den Winter zu lagern. Damit hatten Mensch und Baum ihre Pflicht getan und langsam fingen die Blätter an, sich zu verfärben, denn der Baum schickte ihnen keine Nahrung mehr und kraftlos welkten die an ihm dahin. Der erste Herbstwind befreite ihn von einem Großteil der nun unnützen Blätter und nach und nach fielen auch die uneinsichtigen den Herbstwinden zum Opfer. Nur ganz wenige noch klammerten sich an ihren Baum, obwohl die Zeit, wie die allen Lebens, begrenzt ist.

Der Erlkönig

Die Tage verloren allmählich den Sommer aus ihrem Kalender, die drückende Hitze wich einer früh morgendlichen Frische nach einer klaren Nacht. Und als die Sonne sich hinter dem Horizont erhob und ihre ersten Strahlen den Tau zu vertreiben vermochten, jedoch die morgendlichen Frühaufsteher noch frösteln ließen. Der Herbst hatte sich angekündigt und ab nun würde die Sonne merkbar von Tag zu Tag später vor dem Horizont und von einem dünnen Nebelschleier verhangen erscheinen, um dafür in gleicher Art und Weise früh abends wieder hinter dem Horizont zu verschwinden, nicht ohne den Sand der Sahara goldrot zu beleuchten und ein irisierendes Abendrot auf den herbstlichen Himmel zu zaubern, um einer Dämmerung Platz zu machen und sodann in eine sternenklare Nacht überzugehen. Später wird sich morgens ein Nebelschleier über die sumpfigen, moorigen Wiesen erheben, um das Land in Stille erstarren zu lassen. Die hohen Erlen an des Flusses Ufer, vom Nebel getragen und zerzaust, erinnern an Goethes Erlkönig. Und man vermeint tatsächlich, als die Nebelschwaden beginnen aufzusteigen, um mit den Gipfeln der Bäume eins zu werden, einen Reiter entlang des Flusses preschen zu sehen, mit dem fiebernden Kind in seinen Armen, der den Verlockungen und Drohungen des Erlkönigs erliegt und vermeint, dessen Krone in den nebelumhangenen Bäumen aufblitzen zu sehen und die rasch wandernden Nebelstreifen als Schweif des Königs. Und die Töchter, die liegend und singend an diesem düsteren Ort verweilen, umgarnen den Jungen, bis endlich der Vater den Hof erreicht, mit dem toten Kind in seinen Armen.

Weihnachten war ein armseliges Fest

Weihnachten war ein armseliges Fest. Es wurde nur geschenkt, was sowieso gebraucht wurde. Der Baum aus dem Wald geholt, einige selbstgebackene Kekse oder ein paar Stück Würfelzucker, in weißes, geschnittenes Papier gewickelt, hingen am Baum. Festlichkeit vortäuschend.

Eine Krippe darunter, entweder vom Vater bar jeglichen künstlerischen Verständnisses geschnitzt oder auf Papier gemalt. Maria und Josef und das kleine Kindlein in der Krippe, umgeben von Kühen, Eseln oder Schafen, die man aus irgendeinem Buch einfach abgepaust hatte, Farbstifte gab es damals noch nicht. Aber in der Kirche, welche in Gold erglänzte und wo der Herr Oberlehrer die Orgel spielte und man als Kind glücklich war, wenn man deren Blasbalg treten durfte und mit freudigen Ohren der Geburt des Erlösers lauschte. Christ ist geboren, der Erlöser der Menschheit und manch armer Kirchenbesucher, der seinen letzten Groschen in den Klingelbeutel warf, aus Dankbarkeit, dass endlich dieser Gott geboren war, der alle Not und das ganze Elend, das ihn umgab, eines Tages beseitigen würde. Und der Herr Pfarrer, ein ausgezeichneter Prediger – heute würde man hinzufügen – und ein hervorragender Psychologe, ließ es sich nicht nehmen, all die Hoffnung, die man in den Erlöser hineingelegt hatte, in den schönsten Farben zu schildern und auszumalen. Kaum einem der Besucher der Christmette wurde es klar, dass Gott schon vor 2000 Jahren das Licht der Welt erblickt hatte und sich bis heute nichts, aber auch schon gar nichts geändert hatte.

Von wegen zum Besseren gewendet. Manchem Besucher in all seiner Armut und in all seinem Elend wird schon der Gedanke gekommen sein: „Ja, wieso hat er dann bis heute nichts daran geändert?" Aber erwartete ihn dafür nicht im Jenseits das Paradies, das er verheißungsvoll all den mit Mühsal Beladenen versprochen hatte? Und glücklich lauschte er den Ausführungen des Priesters, Christus ward geboren und er war seinem Gott so nahe wie nie zuvor, um mit jubilierender Stimme mitzusingen: „Stille Nacht, heilige Nacht."

Der alte Baum

Groß und mächtig stand er auf der Kuppe des Berges. Wer ihn gepflanzt hatte, er weiß es nicht mehr. Zu viele Jahrhunderte ist es her, als dass es in seinem Gedächtnis verblieben wäre. Für wie viele Vögel und Tiere er Heimat war, er hat es nie gezählt. Von wie vielen Stürmen er gebeutelt wurde, er weiß es nicht mehr. Unzählige Blitze haben ihn getroffen, ohne ihm jedoch seine Lebensader zu zerstören. Als Ergebnis der Stürme und Blitzeinschläge wurde er mächtiger und mächtiger, es schien, als würden sein meterdicker Stamm und dessen Äste stärker, je mehr sie gefordert wurden. Und wenn sich die Abendsonne im Herbst und Winter durch seine Krone schob, sie glutrot färbend, stand er als riesiger Feuerball auf der Bergkuppe, um hinter dem Horizont zu versinken und ein Geäst von ineinander verwobenen schwarzen Linien zurückzulassen. Im Sommer jedoch stand er als dunkle Kugel, denn sein dichtes Blattwerk verdeckte sowohl die aufgehende als auch die untergehende Sonne, mächtige Schatten beidseits der Kuppe werfend. Nur so stark, wie er sich nach außen hin gab, war er nicht, nicht mehr, denn sein Inneres war durchzogen von morschen Geschwüren, in denen viele Vögel ihre Nester bauten, Eichhörnchen ihre Vorräte in seinem Inneren anlegten, Schlangen in seinen Wurzeln ihr Winterquartier hatten, auf seinen Ästen Ameisen und Läuse ihre Kolonien angelegt hatten, so dass der ehemals so starke und schier unfehlbare und vor Kraft strotzende Baum anfing, dahinzusiechen. Zuerst blieben einige der Äste blattlos, es fehlte ihm schon die Kraft, alle Äste mit Saft zu versorgen. Zu viele der Versorgungsstränge in seinem Inneren waren unterbrochen. Zögernd kamen die Blüten zwischen den Ästen hervor, erwuchsen nicht zur vollen Pracht und karg waren die Früchte, die sonst den Menschen und Tieren als Nahrung dienten. Früh verfärbten sich die Blätter und fielen ab und zogen mit dem frühen Herbstwind davon, so dass alsbald der Baum entblättert auf der Kuppe des Berges stand. Er spürte, dass er all seine unbändige Kraft verloren hatte und sein Ende nahte. Wie viele Generationen von Menschen hatte er wohl überlebt, wie viele mit seinen Früchten gespeist? Nun bedurfte es nicht einmal eines Sturmes, nein, eine Windhose, die über die Kuppe streifte, spaltete seinen meterdicken Stamm, der innen hohl und von Ameisen zerfressen, und seine dürren Äste vermochten dem Wind nichts mehr entgegenzusetzen und auch die Wurzeln, kraftlos und nicht mehr in der Lage, ihn zu versorgen. So ist das Leben eines Baumes, wie auch das der Menschen, nicht endlos und ewig, es sind nur die Lebenszeiten von unterschiedlicher Dauer.

Der Winter verlässt das Tal

Der Winter verlässt das Tal, zieht sich in die Berge zurück. Der Bach nimmt glucksend das Wasser des geschmolzenen Schnees in sich auf, die Wiesen erwachen zu neuem Leben, die Schneeglöckchen suchen ihren Weg durch die Schneedecke, strecken ihre Glocken der erwachenden Sonne entgegen. Erste Knospen erwachen auf den Bäumen und erste Primeln zeigen sich an sonnigen Stellen. Jeden Tag wird das Kreissegment der Sonne größer, die Tage länger und wärmer, so lange, bis sie auch nachts die Kälte vertrieben hat, die letzten Schneereste an schattigen Plätzen verschwunden und alles zu grünen und blühen beginnt und das ganze Land im Farbenrausch des Frühlings ertrinkt. Und die Vögel ihre Liebeswerbungen und den Nestbau beginnen. Auch eines Tages die Schwalben und die Störche zu uns zurückkehren, um hier ihr Sommerquartier aufzuschlagen und ihre Brut aufzuziehen. Die Bauern ihre Felder pflügen, um die Saat einzubringen, die vom Frost gezeichneten Straßen ausgebessert werden.

Der Kartenspieler

Ein Bauer namens Kleinbauer war nicht nur als kleinwüchsiger Bauer, sondern auch wegen seines Grundbesitzes und mit dem Namen Kleinbauer behaftet, sondern auch ein richtiger Kartentippler, da er dem Kartenspiel mehr abgewinnen konnte, als mit den Kühen das Feld zu pflügen oder Kartoffeln erntend auf der Scholle zu stehen. Und er das Kartenspielen besser beherrschte und ihm demnach mehr zugetan war, so er aus dem Kartenspielen mehr lukrierte als aus seiner bodenständigen Bauernarbeit. So doch hin und das oft eine ansehnliche Summe, die er tief im Hosensack vergrub, als er sich aus dem Wirtshaus nach Hause begab, und die er den anderen, meist Großbauern, abgespielt hatte. So auch heute. Gewöhnlich lieferte er zumindest einen Teil seines gewonnenen Geldes seiner Frau ab, um seine versäumte Zeit damit abzugelten. Nur heute hatte er besonders viel gewonnen. Und wieso sollte er all das viele schöne Geld, das den Verlierern nicht wirklich wehtat, wiederum seiner Alten abliefern? So beschloss er, das Geld in der Windmühle, die in einer Ecke in der Scheune stand, zu verstecken. Um sich nach getanem Versteckspiel in sein Ehebett zu begeben, wo ihn seine Angetraute schnarchend empfing, denn sie war müde vom Dreschen der Bohnen und morgen früh würde sie mit ihrem altjungen Sohn die Bohnen mittels besagter Windmühle von ihren Schalen befreien, um die reinen Bohnen in den Kochtopf verkochen zu können. So der Alte nochmal der die durchspielte Kartennacht die fast bis in den Morgen frühen Morgenstunden gedauert hatte, doch einen Schlaf des erschöpften ... Seine Bäuerin, wie er sie immer zu nennen pflegte, hatte bereits mit ihrer beiden Sohn die Windmühle aus der Ecke geholt, um sie in der Mitte des Stadels aufzustellen, mit den bereitgestellten

Körben, um diese zu füttern und durch den erzeugten Luftwirbel die Bohnen von den sie umgebenden Hüllen zu befreien. Der Bub drehte die Antriebskurbel und plötzlich sah die Bäuerin, dass auch anderes aus dem Auslauf der Maschine flog und sie hob es auf und es war ein Zehnschilling-Schein, dem ein weiterer folgte und nun hielt sie auch einen Zwanziger-Schein in den zitternden Händen. Von einem Fünfziger gefolgt, und sie schrie ihrem, dem kurbeldrehenden Buben zu: „Schneller, schneller, vielleicht speit sie auch einen Hunderter!" Und die Maschine spie noch weitere Fünfziger und schließlich auch noch einen Hunderter mit ihren wirbelnden Winden heraus. Bis der Junge, erschöpft von der anstrengenden Kurbelei, die Wirbel zum Erliegen brachte und schließlich, nach einer kurzen Erschöpfungspause, wiederum von seiner Mutter angefeuert, wieder in wilder Kurbelei verfallend. Dann nahm die einfältige Bäuerin die Kurbeln selbst in die Hand, um mit der entsprechenden Anstrengung einen wirbelnden Orkan zu erzeugen, so dass nicht nur das???, sondern die Bohnen durch die Luft segelten. Doch nichts, nichts kam mehr aus der Maschine, so dass die Bäuerin sich mit ein paar Hundertern zufrieden geben musste, die ihr sowieso zugestanden wären, aber sie sich nicht erklären konnte, woher das Geld geflogen kam.

Das sterbende Dorf

Früher, noch vor etwa hundert Jahren, war das Dorf mit seinen mit Stroh gedeckten Häusern, Hütten und Scheunen und hinter den Häusern gelagertem Stroh noch voll von Menschen, von pulsierendem Leben und auf der Straße spielenden Kindern, die Reifen schlugen und die Straße entlangpurzelten. Mit schweren Pferdewagen, von kräftigen Ackergäulen gezogen, deren Räder den Schlick der lehmigen Straße zu Schorf zerrieben, und wenn eine Windböe die Straße tanzend herunterwirbelte, nässte sie unweigerlich die Augen. Frauen und Männer, mit Hauen, Rechen und Sensen oder auch hölzernen Heugabeln bewaffnet, strebten sumpfigen Wiesen und Feldern zu, um die Erde zu behauen, das Gras zu mähen, das Heu zu trocknen, um es in großen Haufen für den Transport in den heimatlichen Heuboden vorzubereiten. Oder das Korn, in Garben gebunden, zu Manderln aufgestellt, um es dann, praktisch wie das Heu, in speziellen Wagen, den so genannten Leiterwagen, in den Dachboden oder Hohlboden einzubringen, wo es dann gedroschen werden konnte. Manch eine Hand trug zudem eine Tasche, vollgefüllt mit Essen und einem, in ein feuchtes Tuch eingeschlagenen, irdenen, mit Most gefüllten Krug, sofern man gewillt war, ganztägig auf dem Felde zu arbeiten, denn die Felder waren meist weit vom Dorf entfernt. Bis zu den Waldäckern, wohin man schon eine Stunde für den Anmarsch brauchte. Nur um die Mittagszeit, wenn die Sonne unbarmherzig vom Himmel brannte, das Mittagsläuten der Kirchenglocke erschallte, wurde eine Pause für Speis und Trank eingelegt. Danach wurde wieder im ganzen Dorf das unverkennbare Klopfen des Dengelns der Sensen laut, welches mit einem eigens dafür gemachten Hammer den Stahl der Sensen auf dem Dengelstuhl weiter austrieb, um wieder eine gute Schneidefläche zu bekommen. Da machten sich dann wieder ein Bauer, eine Bäuerin, eventuell auch ein paar größere Kinder auf dem Weg zum Acker, wo der Vater mähte, die Mutter die langen Halme aufnahm, um sie auf die vorbereiteten, in Ähren gelegten Strohballen zu legen, wo sie zu Garben geknebelt wurden. In die mit Stroh gedeckten Häuser und Keuschen wurden viele Kinder hineingeboren, bis zu einem Dutzend. Manche starben früh, viel zu früh. Eine kleine Lungenentzündung oder Diphtherie oder Scharlach beendete oft, zu oft, ihr kurzes Leben, das noch nicht einmal wirklich begonnen hatte. Das Dorf war arm, aber es jeder jedem zu helfen bereit. Das ganze Dorf war eine große Familie, nahm Anteil am Missgeschick seines Nächsten oder eben an der Geburt eines Kindes, wo die Wöchnerin im Bett lag, wo dann hilfsbereite Hände die übrige Kinderschar versorgten, die Kühe melkten, so dass es dem Haushalt an nichts mangelte. Es waren hilfsbereite Menschen, die, in welcher Not auch immer, dem anderen beistanden. Heute, hundert Jahre danach, gibt es dieses Dorf nicht mehr. Keuschen und Höfe sind verschwunden, eine Asphaltstraße schlängelt sich die einzelnen Gassen entlang, links und rechts von schmucken Häusern gesäumt, mit bunten Fassaden und roten Dächern und allerlei exotischen Gehölz und Blumen vor den Fenstern. Eine im Stile von Schönbrunn gefärbte Kirche, in der kaum noch eine Messe gelesen wird und wenn, dann kommt der Pfarrer aus dem Nachbardorf, um für die wenigen Gläubigen, die es im Dorf noch gibt, ein „Vaterunser" zu beten und sie zu zelebrieren. Ihr Gott ist der Konsum geworden, der Fernseher ihr Altar, den sie statt ihres Gottes anbeten. Doch selten verirrt sich ein Mensch auf die Straße, wenn, dann trifft man sich im Supermarkt in der nächsten Stadt. Es gibt ihn nicht mehr, den kleinen Laden, wo man früher alles Lebensnotwendige bekam, was man nicht selbst erzeugen konnte, und alles andere kaufte man dann auf den Märkten oder den Kirchtagen. Das Dorf war ein gänzlich anderes geworden, wie auch seine Menschen. Die beiden Weltkriege hatten die Bevölkerung dezimiert. Viele wanderten aus nach Amerika, viele zog es in die Hauptstadt, denn das Land konnte nicht alle ernähren, da zu viel geboren wurden, so dass heute kaum noch die Hälfte der einstigen Bevölkerung das Dorf bewohnt. Häuser stehen leer, verfallen zusehends, da die Alten verstorben sind und die Jungen fortgezogen. Manche kommen hie und da, um nach dem Rechten zu sehen, manche lassen alles einfach verfallen, manche verkaufen die Häuser billig an Ausländer oder Pensionisten aus der Stadt, welche sich damit den Traum vom eigenen Häuschen erfüllen. Glaubensfremde Bewohner unserer Stadt sitzen uns hier im Nacken. Manches Jahr wird kein einziges Kind geboren, die Schule musste aufgelassen werden, die heimische Bevölkerung vergreist still und leise vor sich hin, stirbt nach und nach und mit ihnen stirbt auch das Dorf, ein Dorf, das einstens so voller Leben war, auch wenn die Not ständig zu Besuch war. Aber es lebte und träumte von der Hoffnung, von einem besseren Leben, welches aber heute schon verwirklicht scheint. Um welchen Preis. Nur zu Fronleichnam ziehen einige alte Frauen und Männer mit einigen wenigen weiß gekleideten Mädchen betend von Altar zu Altar, in der Hoffnung, dass die Renaissance ihres Dorfes eines Tages Wirklichkeit wird. Und jeder weiß, die Hoffnung stirbt zuletzt.

Eine Hecke

Es ist eine Hecke, dazu noch mit dichten Blättern bedeckt, eine, die immerfort beschnitten wird, sie trug ihr grünes und undurchsichtiges Kleid zur Schau, um das dahinterliegende Haus von dem Lärm der Straße und neugierigen Blicken abzuschirmen und manch kleinem Vogelpaar zu gestatten, sein Nest in ihr und auf ihr zu bauen. Wenn im Sommer die Erde durch die sengende Sonne ausgedorrt darniederlag, der Rasen vor sich hin dorrte und ein Netzwerk der aufgerissenen Erde den Garten überzog, wurde die Hecke trotz Wassermangels, wegen dem man immerfort im Radio untersagte, das Auto zu waschen und den Garten zu spritzen, regelmäßig durch den Hausherren gegossen.

Abends, wenn die Denunzianten schon schliefen, auf leise gelegten Schläuchen, denen das Wasser leise entrann, um ihre Wurzeln mit dem kostbaren Nass zu sättigen Und so erwuchs sich eine Hecke, die noch dazu ein paar Mal im Jahr gedüngt wurde, zu einem schier unüberwindlichen Bollwerk gegen all das Unbill, das von der Straße kam. Doch eines Tages im Sommer, wo das Wasser knapp und die Rasen anfingen, vor sich hin zu bräunen, fingen auch die Blätter der Hecke an, es dem Rasen gleichzutun. Seine Blätter fingen an zu welken, obwohl der verzweifelte Besitzer nächstens mit schierem Mut sie begoss. Ihre Blätter bräunten vor sich hin und vermählten sich mit den verdorrten Gräsern, bis ihr Stamm, ihre Äste und Zweige bar jeden Blätterwerks, kahl und blattlos dastanden und die Vogelnester sich nun schutzlos und sichtbar dem Unbill der ihnen feindlichen gesinnten Welt gegenübersahen. Doch das Astwerk war von einer derartigen Dichte, dass streunende Katzen oder

Elften keine Chance hatten, die Nester zu plündern. Mittlerweile hatte der verzweifelte Hausherr die Ursache des Verfalls eruiert. Eine Motte war es, die die Hecke befallen und sie ihrer Blätter beraubt, und der seine Gegenmaßnahme gegen sie ergreifen konnte und alsbald neue Blätter auf dem kahlen Gestänge wuchsen.

Der Blumentrog

Noch war er mit Unkraut übersät, harrte der Neubepflanzung. All das Unkraut wurde von den jätenden Händen herausgerissen, die Wurzeln entfernt und neue Erde nachgefüllt, mit der alten vermengt, die neuen Blumen eingepflanzt. Anschließend wurden die neuen Pflanzen ausgiebig begossen und parallel dazu gedüngt. Schnell wuchsen sie heran, die Blumen im Trog fielen über den Trogra,nd, verdeckten den Stein, aus welchem der Trog gehauen war, und zwar in derartiger Dichte, dass man nicht mehr erkennen konnte, aus welchem Stein der Blumentrog war, in ihrer fröhlichen Buntheit alles überstrahlend. Bis zum Herbst, wo die Blüten verfielen und die Blätter vergilbten, die Stängel verkümmerten und dieses Kommen und Gehen letztendlich den Stein wieder freigab, deren Heimat er war. Denn er gab ihnen mit seinem Inhalt, seiner Erde, seinem Wasser, die Kraft, sich über ihn zu erheben und ihm, zumindest im Sommer, seine steinerne Erhabenheit zu nehmen. Aber er weiß, in seinem Schoße werden noch viele Generationen der Blumen ihr Zuhause finden, neu gepflanzt, sie werden erblühen und ihn wieder in ihrer Fröhlichkeit und Blütenpracht überdecken. Aber im Herbst werden sie wieder sterben, um im Frühling aufs Neue gepflanzt zu werden. Aber er, er wird noch viele Generationen an Blumen überleben.

Das Auswandererhaus

Die Fensterläden ge- und die Haustüre verschlossen, so steht das Haus verlassen in einer einsamen Umgebung. Ein geschotterter Weg zieht an seinen Fenstern vorbei, hie und da von einem Waldbenützer oder Jäger befahren, denn es steht nahe am Waldesrand in einer Umgebung, wo sich die Füchse „Gute Nacht" zu sagen pflegen. Manch Reh verirrt sich in dem von keinem Tor geschützten Hof und frisst die Früchte der Obstbäume, ansonsten wären sie sowieso verfault. Jahrelang trotzte das Haus den Unbillen des Wetters, sein Ziegeldach mit seinen weit ausladenden Giebeln hält Schnee und Regen von den Mauern fern. Durch die hölzernen Scheunentore pfeift der Wind und treibt den Schnee durch die leeren Scheunen. Im Kuhstall rosten die Ketten, mit denen die Kühe an den Futtertrog gekettet waren, vor sich hin. Und im Hühnerstall hat es sich so manches Wildtier heimisch gemacht. Es steht so verlassen da, wie es die Bewohner vor vielen, vielen Jahren verlassen haben. Nur für kurze Zeit gingen sie ins Ausland, dachten sie, da die Keusche mit ihrer kleinen Landwirtschaft sie nicht mehr ernähren konnte. Und Arbeit gab es in diesem großteils von kleinen Bauern besiedelten Land keine. Vorher gaben sie noch das wenige Land, das sie besaßen, den Bauern zur Pacht. So zogen sie fort, nicht wissend, dass es für immer war. Hatten sie mit ihrem kärglich Ersparten und durch den Verkauf ihrer Kühe und Schweine noch die Reise finanzieren gekonnt, so fanden sie sich plötzlich in einem Schlaraffenland wieder, wo buchstäblich Milch und Honig flossen und gebratene Tauben über ihnen flogen, so fantastisch empfanden sie die neue Welt, in die sie gereist kamen, um ein Stück davon zu erheischen. Und da sie gewohnt waren zu arbeiten, hart zu arbeiten, hatten sie binnen kurzer Zeit einen nie gekannten Wohlstand erreicht. Die Frau, die vom Heimweh geplagt, drängte, mit dem vielen Ersparten wieder nach Hause zu fahren, denn sie lebten sehr sparsam, trotz der vielen Versuchungen des Konsums, denen sie nie erlagen. Denn beim Umrechnen der Währungen ergab das übrig gebliebene Ersparte ein Vielfaches in der Heimatwährung. Doch der Mann, der besessen von dem vielen Geld, das er verdiente, lächelte nur – er rechnete, wie viel an Grund und Boden er mit dem Ersparten schon zum Kaufen imstande war und wie viel er in Zukunft noch verdienen könnte, so dass sie bald eine lebensfähige Landwirtschaft ihr eigen nennen könnten. Und er arbeitete und arbeitete. Man mochte fast meinen, Tag und Nacht. Und wiederum war er besessen von dem vielen Geld und er rechnete und rechnete, in seinen Gedanken war er bereits Besitzer nicht nur einer kleinen Landwirtschaft, nein, er zählte sich bereits zu den größeren Bauern des Dorfes und das gab ihm die übermenschliche Kraft, all die Jahre so weiterzuarbeiten. Die Frau war noch immer vom Heimweh geplagt nach ihrem Haus in der Einsamkeit, den Kühen mit ihrer frischen Milch, den Hühnern, die gackernd verkündeten, sie hätten ein Ei gelegt, den Obstbäumen, aus deren Früchten sie Dörrobst oder Marmelade bereitete, und wenn sie früh am Morgen die aufgehende Sonne begrüßen konnte, das taufeuchte Gras bloßfüßig beschritt. Nach all den Jahren in der Fremde konnte sie doch ihre Heimat nicht vergessen. Hier war sie umgeben von Hochhäusern, wo kaum ein Sonnenstrahl die Erde erreichte. Sie wurde verhärmt und depressiv. Nur die Kinder, die hatten sich an das neue Leben rasch gewöhnt. Zu rasch, fand auch der Vater. In einer Welt des Alles-haben-Könnens und Auf-nichts-verzichten-Müssens, um sorgenvoll sich fragen zu müssen, ob sie sich nach Jahren in der Stadt im Dorf noch zurechtfinden würden. Doch sie würden, sagte er sich selbst beruhigend. Nun hatte er genug auf der hohen Kante, um der größte Bauer daheim zu werden und er schwelgte in seinen Träumen, wo er sich im Wirtshaus wiederfand, umgeben von den anderen Bauern des Ortes, die ihn, den ehemaligen Kleinkeuschler, nun mit Hochachtung begegneten, denn er war einer der Ihrigen geworden, und nicht nur das: Er war der Größte geworden. Während er so selig dahinträumte, nebenbei eine Flasche Bier trank, mit welcher er den anderen in Gedanken zuprostete, entschlief er mit einem Lächeln auf seinen Lippen. Nachhaltig. Denn der gerufene Arzt konnte nur noch seinen Tod durch Herzstillstand feststellen. Nun, die Kinder, die bereits eine höhere Schule besuchten und das Dorf nur noch in Verbindung mit Not und Elend in ferner Erinnerung hatten, dachten nicht im Entferntesten daran, dorthin – auch nicht auf Drängen ihrer Mutter – zurückzukehren. Und so siechte die Frau ihrem Manne hinterher, ohne jemals ihre geliebte Heimat wiedergesehen zu haben. Dank des Ersparten ihres Vaters konnten nun die Kinder die besten Schulen besuchen. Aus ihnen wurden Ärzte und Anwälte und sie vergaßen die Heimat mit einem verlassenen Haus in einer einsamen Gegend, das noch immer Wind und Wetter trotzt und auf die Heimkehr ihrer einstigen Bewohner wartet.

Das Wiedersehen

Plötzlich war keine Freude in mir. Das lang ersehnte, mit vielen Illusionen verbundene Wiedersehen wurde nun, da es tatsächlich zustandekam, zu einer Begegnung zweier Menschen, die sich völlig fremd gegenüberstanden und deren ehemals tiefe Beziehung als abgeschlossen und als nicht mehr fortsetzbar zu betrachten war. Peinlich und grotesk die Situation. Eine zur Farce verfälschte und erniedrigende, noch eben überschwängliche Begrüßungsszene in Kälte und Desinteresse erstarrt. Ein spontanes, überschäumendes Strahlen, das in Verlegenheit erlosch. Nichtssagende Floskeln aus genötigten Mündern, zur gequälten Konversation bemüht, erstarrten in der Erkenntnis der Leere ihrer nunmehrigen Beziehungslosigkeit und versanken vollends in der aufkeimenden Ablehnung des einst so geliebten Partners.

Die Zunge des Hirschen

Es begab sich in alter Zeit, wo der Graf noch einen Förster für seine umfangreichen Waldungen beschäftigte, der parallel dazu Jagdaufseher und Jäger war, der so manches Mal mit seinem Herrn und oftmals auch mit dessen Gästen auf die Jagd zu gehen hatte. Nun, einmal schoss der Graf einen kapitalen Hirschen mit einer riesigen Trophäe auf dessen Kopfe und des Grafen Marotte war jedes Mal, die Zunge eines von ihm erlegten Hirschen serviert zu bekommen, um sie dann mit großem Genuss zu verspeisen. So auch diesmal. Der Graf beäugte die Zunge, die so klein war, dass es unglaublich erschien, dass ein derart winziges Etwas von einer Zunge einem derart kapitalen Hirschen gewachsen sein konnte. Er sah den Jäger, der ihm gegenübersaß, konsterniert und fragend an. Jener jedoch wusste Bescheid um die um die Hälfte gekürzte Zunge, denn seine Frau war gerade schwanger und wie es Schwangere so an und in sich haben, hatte sie eben Lust verspürt, die Zunge des soeben vom Grafen geschossenen Hirschen sich einzuverleiben. Ihr Mann jedoch, der Jäger, wusste um die Marotte seines Herrn und verweigerte ihr diese. Nun, dieses nun einmal schwangere, noch dazu als ein in ihrer Umgebung als rechthaberisch verschriene Weib, bestand unter Tränen auf dieses, ihr ihrer Meinung nach, zustehende Mahl. Der Jäger, der sich durch ihre Tränen erweichen ließ, schnitt nun die Hälfte der Zunge aus dem Maul des Hirschen. Sie meckerte zwar, fand sie doch, dass sich im Maul eines solch großen Hirschen keine derart kleine Zunge befinden konnte. Aber ihr Mann schwor Stein und Bein, dass die Zunge nun mal der Größe entsprach, die er ihr überbracht hatte. Wäre dieser Hirsch ein Schandmaul gewesen, der sich die Zunge vor lauter Lästerung abgewetzt hatte, abgebissen hatte, ja, wenn das die – und sie nannte eine im ganzen Dorf bekannte Klatschbase – gewesen wäre, der würde sie derartiges schon zutrauen. Aber bei jener hatte sie nur den Eindruck, dass deren Zunge immer spitzer wurde und sich wohl kaum verkleinern würde, da jeder Muskel, der gefordert wurde, immer stärker, größer und länger wurde. Nun, es war so, wie es war. Sie erhielt nur die halbe Zunge und der Graf die zweite Hälfte. Und während der Graf sein Gegenüber misstrauisch musterte, hegte er immerhin den Verdacht, dass jener vielleicht einen Teil der ihm zustehenden Zunge entwendet haben könnte. So meinte dieser aber treuherzig: „Herr Graf, wo haben wir diesen Hirschen geschossen, am Rande der moorigen Wiesen des Zickentales und dieser alte Zwölfender hat jahrelang dieses darauf wachsende Schilfgras gefressen, das derartig scharfkantig ist, dass er sich praktisch seine Zunge abwetzen musste." Der Graf brummelte irgendetwas in sich hinein und gab sich mit dieser Erklärung zwar kopfschüttelnd, aber dennoch zufrieden.

Das Geschenk

Es kam einmal vor langer, langer Zeit eine ehemalige Dorfbewohnerin in ihr Dorf zurück auf Besuch zu ihren Verwandten, denn eine Nichte hatte ein Kind geboren. Sie war Bedienstete bei einem reichen Fabrikanten in der Stadt und hatte sich einige Tage Freizeit erbeten, die ihr, obwohl scheinbar unabkömmlich, wie ihr die Frau des Hauses lächelnd und nachsichtig erklärt hatte, auch gewährt wurden, da sie eine fleißige, saubere und niemals aufbegehrende Person war. „Und was werden Sie der Wöchnerin mitbringen?", fragte die Hausfrau ihr Dienstmädchen. „Nun, ich glaube, ich werde ihr einen Strampelanzug kaufen, einen blauen, denn es ist ein Junge", erwiderte sie darauf. Die Fabrikantenfrau war eine sozial denkende Person, die wusste, wie sparsam man mit dem wenigen Geld umgehen musste, vor allem, wenn man so wenig bezahlt bekam wie ihr Dienstmädchen. Und sie kaufte von sich aus ein wunderschönes Babygewand von blauer Farbe und überreichte es ihrem Dienstmädchen, nicht ohne ihr vorher das Versprechen abzunehmen, sie müsse bereits am nächsten Tage wiederkommen, da sie für wichtige Geschäftspartner ihres Mannes bereits übermorgen einen Empfang geben wolle und sie wisse doch, wie unabkömmlich sie sei. Das Geschenk war lose in Papier verpackt, so dass sich das Mädchen nach einer geeigneten Schachtel umsah und auch fündig wurde. Es war eine bereits entleerte Bonboniere-Schachtel, herrlich bunt, auf der sich die bereits verspeisten Köstlichkeiten am Deckel fototechnisch vorfanden. Sie verpackte es in Seidenpapier, welches die Gnädigste immer für Geschenke verwendete und welches das Geschenk zumindest durchschimmern ließ. Frühmorgens fuhr das Mädchen, das eigentlich kein Mädchen mehr war, aber eine Dienstfrau ist halt in unserem Sprachgebrauch nicht vorgesehen, mit dem Zug in ihr Heimatdorf, um sogleich zur Wöchnerin zu eilen, wo sich schon mehrere Verwandte und Bekannte eingefunden hatten. Nachdem sie ihr Geschenk abgegeben hatte, tratschte sie mit den anderen Besuchern, die das Bett umlagerten, um so sämtliche Neuigkeiten aus dem Dorf zu erfahren. Auch diese Besucher hatten sich alle mit Geschenken eingefunden.

Sie musste aber weg, denn der letzte Zug wartete auf sie und sie hatte ihrer Chefin versprochen, am nächsten Morgen wieder zurück zu sein.

Und sie strich das Papier, das nun eng auf der Schachtel lag, glatt, so dass die herrlich aufgedruckten Pralinen verführerisch durchschimmerten, doch sie versagte sich, diese für sie abgegebene Schachtel zu öffnen, gab es doch eine uralte Tante, die demnächst ihren fünfundneunzigsten Geburtstag zu feiern gedachte. So etwas, diese Köstlichkeiten, die in dieser Pralinenschachtel lagen, hatte di Dame wohl noch nie in ihrem Leben gesehen, geschweige denn gegessen, denn so etwas gab es beim Dorfkrämer weder zu sehen, geschweige denn zu kaufen. Die Tante, von der sie dieses Geschenk erhielt, wohnte in der Stadt. Und so kam es, dass die Perle, oder wie sonst üblich, das Geschenk im Beisein des Schenkers geöffnet wurde und durch das Seidenpapier die herrlichsten Pralinen durchschimmerten, ohne den wahren Inhalt zu verraten und so kam es auch, dass die Wöchnerin das Leckere samt ihren sie umgebenden Seidenschnüren verpackte, nur die drauf angebrachte Karte abnahm, um ein anderes Kärtchen darauf anzubringen und die Aufschrift lautete: „Zum fünfundneunzigsten Geburtstag meiner lieben Tante Amalia von ihrer Nichte Geneveva." Und die hatte vierzehn Tage nach ihrer Überreichung über den Inhalt nicht schlecht gestaunt, als sie mit gichtigen Fingern die Seidenschnüre löste und statt der erhofften Pralinen darin ein blaues Babygewand vorfand.

Die Gerüchteküche

Es begab sich zu einer Zeit, wo den Menschen in den vielen kleinen Dörfern nur der Tratsch zur Unterhaltung diente und kleine Vorkommnisse mit Windeseile sich über das Land streuten.

Umso mehr, als eine in der ganzen Gegend bekannte Kaufmannsfrau, und sie war etwa nicht die Frau des Greißlers im Ort, sondern die Frau des Großhändlerkaufmanns in der nahen Stadt, gestorben und schon begraben wurde, wobei diese Frau infolge einer kleinen Verkühlung tatsächlich am Beginn unserer Geschichte im Bett sich schwitzend wiederfand, aber mittlerweile bereits gesundet, dabei war, Dinge an die kleinen Greißler auszugeben, die mit ihren pferdebespannten Wagen beziehungsweise Wägelchen vorgefahren kamen, um die für ihr Dorf benötigten Waren einzukaufen. Wie kam es nun zu dem Gerücht nicht nur von ihrem Hinscheiden?

War sie doch, wenn man den Aussagen der sie kontaktierenden Dorfkrämer gewillt, wer ihnen Glauben zu schenken, so sie nie jemand anderer die mit der überreichten Wunschliste ihren Komis befehligte dies und jenes auf den noch leeren Wagen der Einkäufer zu verladen. Noch nie in ihrem ganzen Leben war das je anders gewesen, so sie viele Jahrzehnte die Warenausgeberin war. Nur darum einer der kleinen Wareneinkäufer den Belader seines Wagens fragte, wo denn heute seine Chefin geblieben war. Jener jedoch ein mürrischer Bursche, dem noch eine durchzechte Nacht im Magen lag und sich in weiterer Folge auch in seinen Knochen und seiner ganzen Psyche niedergeschlagen hatte, nur die Mundwinkel herabzog, um so etwas wie „krank" zu murmeln. Der Krämer, der jedoch wie die meisten seiner Art von allzu neugieriger Natur, war doch sein Geschäft die Zentrale des Dorftratsches wo auch die Neuigkeiten von den anderen Dörfern, so man die erfuhr, abgehandelt wurden. So er sich an den Besitzer hinter des hinter ihm stehenden Wagens wandte, da sein Wagen noch beladen wurde, um ihm mit einem bekümmerten Gesichtsausdruck zu sagen, die Chefin sei krank.

Der Zuhörende jedoch sah sich zu der Frage gezwungen, wie krank sie wirklich sei, aber mittlerweile war der, der ihm das mitgeteilt hatte, schon wieder enteilt, da sein Wagen nun beladen und er seinen nächsten, und das war er, Platz machen musste, um nach seiner Bestellliste seinen Wagen zu beladen. So er dem Belader, der wie beschrieben, heute von besonders wortkarger Natur weil wie beschrieben eine durchzechte Nacht noch dazu das Gezeter seines ihm angetrauten Weibes hinter sich gelassen hatte die Frage stellte „ihre Chefin sehr krank?" um mit einem noch mehr die Mundwinkel herabgezogen und sich dabei dankend, was geht es diese Greißler an, um dafür oppositionell zu sagen „Sehr". Sie bekommen alles was sie wünschten um von der Chefin oder einem anderen beauftragt zu werden, um von ihm auf den Wagen verladen zu werden. Das „Sehr" gab sein 2. Gespann Besitzer jedoch zu denken.

So eilte er, während der Belader noch seinen Wagen belud, zu dem hinter ihm anstehenden Greißler, um ihm zu sagen: „Weißt Du, warum die Chefin heute nicht hier ist?" Und der andere, wie könnte es auch anders sein, nicht von minderer Neugierigkeit erfasst, fragte und antwortete gleichzeitig: „Nein wieso?" „Sie ist sehr, sehr krank", seinem Vermittler eines nur einfachen „sehr" ein weiteres hinzufügend, um die Verhältnismäßigkeit noch zu unterstreichen. „Nein", darauf der Krämer, „dann wird sie bald aber …", bis er das Wort „sterben" auszusprechen vermochte, war der andere schon wieder bei seinem Wagen, um die Zügel der Pferde zu nehmen, nachdem er noch den Erhalt der Waren quittiert hatte, um sich auf den Kutschbock zu schwingen und aus der Halle zu fahren.

Der verunsicherte hintere Pferdehalter fuhr nun an dessen Stelle, um seine Warenliste abzugeben. Als der Belader den ersten Sack Zucker auf den Wagen warf, verdammt warum musste er auch so viel saufen, er unter den Anstrengungen des schweren Sacks und nach Atem ringend verschnaufend neben dem Wagen stand und der neugierige Krämer war sich bewusst, dass er mit all den Neuigkeiten, die er hier in der Stadt erfuhr, auch seine Kunden, kaum des Dorfes Schwelle überschritten, zu versorgen hätte und nicht nur mit Zucker, Salz und eben allem, was die Dörfler nicht selbst produzieren konnten.

So er den nach Atem ringenden und alkoholgeschädigten Belader fragte: „Steht es mit Ihrer Chefin sehr schlimm?" Der Wagenbelader, noch dazu von einem Hustenanfall heimgesucht, den Krämer mit wasserdurchschwommenen Augen anblickend, um mit beiden Händen sich auf seine zwei Oberschenkel gestützt, keines Wortes fähig, den Kopf schüttelnd, als wolle er sein derzeitiges Ungemach abschütteln, sein Gegenüber jedoch, das missverstand, so er den Ausbruch als ein vorausschauendes Unglück wähnte, und er es unterließ, nachdem der Kommis sich einigermaßen gefangen hatte, nochmals zu hinterfragen.

So belud der Belader daraufhin einigermaßen gefasst den Wagen, der Besitzer desselben unterschrieb und fuhr Richtung Dorf. Er, welcher die Frau gut kannte, jahrzehntelang sie ihn betreut hatte, überfiel nun die Trauer. Wie oft hatte sie ihm, als er die letzte Rechnung noch nicht

bezahlt hatte, trotzdem wieder von ihm Gewünschtes ausgehändigt. Natürlich hatte er daraufhin wieder alles auf Heller und Krone bezahlt. Wie er seinen Bauern Eingekauftes stundete, bis sie wieder eine Kuh oder ein Schwein verkauft hatten, und bis dahin aufschreiben ließen bei ihm im Kontorbuch, fein säuberlich, das Kilo Salz oder Zucker, Essig und Stricke, Seile und Krampen und Schaufeln, Gabeln und Rechen, alles, das selbst nicht herstellen konnten. Manchmal zahlten sie kleinere Beträge mit den mitgebrachten Eiern, die er wiederum an den Lebensmittelgroßhändler in der Stadt weiterverkaufte.

Ja, so ging das in diesem armen Land, wo bei kinderreichen Keuschlern nicht einmal alle Kinder Schuhe hatten. Und nun lag sie im Sterben oder war bereits gestorben. Dazu war sie nicht einmal die Jüngste. Aber diese Frau stand ihren Mann, ob der neue Kontorist, wenn er einmal eine Rechnung nicht bezahlt hatte, auch was herausrücken würde? Nun wurden seine Augen feucht, warum Gott alle guten Menschen so früh sterben lassen musste, trotz ihres fortgeschrittenen Alters.

Als er bedrückt in seinen Hof einfuhr, bereits von seiner Frau erwartet, und er umständlich von seinem Kutschbock kletterte, sagte er als Erstes seiner Frau: „Sie liegt im Sterben." Seine Frau, die Bahnhof verstand: „Wer liegt im Sterben?" „Nun, die Frau von ...", und er sagte den Namen des Großhandelskaufmanns. Seine Frau presste daraufhin ihre offene Hand an den Mund, was wohl Ausdruck ihrer Betroffenheit sein sollte. Die Frau Kellermann, wie war doch die immer freundlich gewesen, wenn sie gemeinsam einkaufen waren, als ihr Mann einmal krank und sie mit dem Pferdegespann in die Stadt gefahren war, war sie von dieser Frau bewundert worden. Eine Frau allein mit Pferd und Wagen. Wehmütig dachte sie an diese Frau, während sie die kleineren Pakete vom Wagen in das Geschäft trug, während ihr Mann die großen Säcke in den kleinen Lagerraum hinter dem Geschäft schleppte.

Nachher nahm er das Kummet von dem Pferd, dem Pferd, das allein den Weg in den Stall fand, und schob den Wagen unter die Einfahrt. Es warteten bereits einige Kundinnen in dem Geschäft, zum Teil hatten sie noch Eier in ihren geflochtenen Körben. „Stellt euch vor, mein Mann, der soeben von der Stadt gekommen ist, sagte, dass die Frau unseres Großkaufmanns, wo wir die Ware beziehen, im Sterben liegt und womöglich bereits gestorben ist." Nun war der Name dieses Handelshauses auch in den Dörfern ein Begriff, wurde er doch mit Reichtum in Verbindung gebracht, so dass es manch geflügeltes Wort wie „Bin ich denn der Kellermann?" ab, obwohl die wenigsten von ihnen ihn je zu Gesicht bekommen hatten.

Von diesem Greißler aus verbreitete sich die Mär übers ganze Dorf und der Schwager mit einer Frau aus einem anderen Dorf, der bei einen Bauern gerade bei der Ernte half, brachte die Kunde ins nächste Dorf und von dort ging es auf verschlungenen Wege über den ganzen Bezirk von nah bis fern und manche meinten, dass auch Reiche sterben müssten und dass sie das als einzige Gerechtigkeit auf Erde wähnten. Denn von Mund zu Mund wurde das „krank" von sehr auf sehr, sehr, von einer durchzechten Nacht eines Säufers bis zum Sterben und Bereits-gestorben-Sein, von dem mutmaßlichen Begräbnis bis zum tatsächlichen und nun ruhe sie schon einige Tage in der Erde, besser in der Gruft, denn reiche Leute begaben sich in solche Grabstätten zur letzten Ruhe. Als dann die verschiedensten Gerüchte wohl auf Grund schneller und langsamer Übertragungsdauer aufeinandertrafen, von dieser Seite und von jener vorgetragen, die Totgesagte jedoch wiederum am Kontor stand, machte sogleich ein neues Gerücht die Runde, das wäre die Zwillingsschwester der Verstorbenen und der Kellermann hätte sie sogleich geehelicht, weil er ohne solch eine Frau nicht leben könne.

Der alte Mann

Der alte Mann, der auf einen Stock gestützt, seine morschen Knochen hinter sich her zog, um seine müde gewordenen Beinen, die über die Straße schleiften, damit etwas zu entlasten, mit tief gesenktem Kopf und krummen Rücken, welcher bereits der Anziehungskraft der Erde verfallen war, um mühsam die Straße zu queren. Sabbernd blieb er mitten auf der Straße stehen, um mit einem, keiner Farbe zuordenbaren Taschentuch, welches er aus einer der Taschen seiner bis an die Knie reichenden Jacke holte, um seine triefende Nase zu putzen, um nach vollbrachter, für ihn anstrengenden Arbeit wieder weiterschlurfend, um die andere Seite der Dorfstraße zu erreichen. Sein Gesicht, von grauen Stoppeln überzogen, immerfort tränende Augen und ein eingefallenes Gesicht, wohl aufgrund des zahnlosen Mundes, mit seiner schmalen, ewig tröpfelnden, prägnanten Nase, welche aus dem Gesicht überproportional hervorstach. Einmalig, ja, das war er, der Schulmeister in der hiesigen Schule mit vielen Kindern, geachtet von seinen Schülern und Bewohnern des Dorfes. Das war einmal. Seine ehemaligen Schüler waren selbst schon alt geworden, manche von ihnen schon verstorben, manche der Jüngeren in die Stadt gezogen, das Dorf schmolz in sich zusammen. Viele leere Häuser standen, dem Verfall ausgeliefert, oder wurden von den Weggezogenen nur sporadisch frequentiert. So einsam wie er stehen die leeren Häuser mit verwilderten Gärten, bar jeglichen Lebens, in der Gegend herum. Er, der mittlerweile an Demenz Leidende, vergaß vieles, aber nie den Weg zum Friedhof, den er jahrzehntelang alltäglich beschritt. Seine Frau, die er allzu früh verlor, während er uralt wurde, machte ihr frühes Ableben nur noch schlimmer. Die Kinder zogen früh aus dem Haus in die Stadt, hatten studiert und als er ein gewisses Alter erreichte, wollten sie ihn in ein Seniorenheim geben, noch dazu in der Stadt. Er verweigerte das. Sie meinten, so könnten sie ihn öfter besuchen, um nach ihm zu schauen. Er meinte, man könne doch ihre Mutter nicht alleine auf dem Friedhof zurücklassen und das Haus ebenso nicht, welches er bis vor kurzem noch samt Garten gepflegt hatte. Nur jetzt verspürte er, ging es auch seinem Ende zu und es würde sein letzter Besuch sein, den er heute seiner Frau abstattete, denn morgen oder übermorgen würde er schon neben ihr ruhen. Am gleichen Friedhof, im gleichen Grab und seine Kinder und Enkelkinder würden kommen, um ihm das letzte Geleit zu geben, die Begräbniskosten bezahlen, mit dem Geld, welches er schon lange beiseitegelegt hatte. Und sie werden das Haus verschließen und wiederum würde ein weiteres Haus dem Verfall preisgegeben, denn die Kinder obwohl schon selbst in Pension, würden das Stadtleben nicht aufgeben wollen, ein Dorf ohne Infrastruktur, ohne Gasthaus, ohne Geschäft, wo man die alltäglichen Dinge, welche man halt brauchte, kaufen könnte. Denn die Bewohner verloren sich langsam aus diesem Dorf, zogen fort oder starben, so dass es sowohl erahnbar als auch erkennbar war, wann das letzte Haus versperrt sein würde, von den Kindern verlassen, die allesamt in die Stadt gezogen waren.

Der alte Brunnen

Einst von einem Steinmetz aus dem Stein geschlagen, hatte er hunderte von Jahren überlebt. Doch kein Wasser rann aus den Köpfen von den steinernen Fischen, deren Mäuler einst Wasser speiend, das runde Becken umsäumten und füllten. Verwittert und verwahrlost stand er inmitten eines verwilderten Gartens, welcher wiederum ein verwahrlostes Schloss umgrenzte, umgab. Brüchig war der Stein geworden, die Schuppen der Fische von schorfigen Algen überzogen und seine in der Mitte aufragende Lotosblüte, von Schnee und Eis gequält und nur mehr schwer als solche überhaupt erkennbar. Zerstört. Aus dem Becken wuchsen Unkraut und allerlei kleine Bäume, die sich hier eingenistet hatten. Aber eine Gruppe von Menschen, welche den Garten durchstreifte, entdeckten, nachdem sie zuvor das verfallene Schloss besichtigt hatten, auch diesen verfallenen Brunnen, woraufhin einer aus der Gruppe bemerkte: „Ein Juwel von einem Brunnen, der ebenso wie das Schloss und der Garten in alter Pracht und Herrlichkeit wieder hergestellt werden müsste", worauf ihm die anderen nickend beipflichteten.

Der Fischteich

Glatt und träge liegt er da, von keiner Welle geschönt, die ihn sonst umkräuselt, von einem zum anderen Ufer durchziehend, denn der Wind war fortgeflogen. Die Bäume, die ihn umsäumten, standen still und leblos um ihn. Nur manchmal, wenn ein Fisch aus dem Wasser sprang, plätscherte das Wasser auf, jedoch ohne dass diese Wellen auch nur ein Ufer erreichen konnten. Ein alter Fischer saß auf seinem Stuhl im Schatten der Bäume, an einer Ecke des Teiches vor sich hin dösend, an diesem heißen Sommertag, wo offenbar auch die meisten Fische schliefen und das leckere Angebot der Angelrute unbeachtet ließen. Nur eine Ente mit ihren Jungen zog im Schatten der Bäume eine Runde um den Teich, um sich wieder auf die kleine Insel, die mitten im Teich lag, zurückzuziehen. Keine Wolke trübte den blauen Himmel unter dem sich flimmernd die Luft breitmachte und das ganze Tal mit ihrem lähmenden Odem zu ersticken drohte. Von der weit entfernten Straße drang leises Motorengeräusch an des Fischers Ohr, jedoch zu leise, um ihn bei seinem Nickerchen zu stören. Hie und da sah er mit schlaftrunkenen Augen nach dem Schwimmer und er wäre sicher sehr überrascht gewesen, wäre er verschwunden gewesen. Es fiel ihm auch nicht ein, ihn aus dem Wasser zu heben, um nachzuschauen, ob der Köder überhaupt noch am Haken hing. Hoch oben am Himmel stand ein Falke oder ein anderer Raubvogel, der das in Lethargie verfallene Land beobachtete und auf Beute harrte. Wusste er doch, dass er ein Nest von Jungen zu versorgen hatte, die wohl bald flügge sein würden und mit hungrigen Mägen und aufgerissenen Schnäbeln auf die Beute warteten, die er bringen sollte. Eine Maus huschte ein kurzes Stück den Damm entlang, von der mit Bäumen bepflanzten Böschung kommend und in jener schnell wieder verschwindend, bevor sie der Raubvogel zu orten imstande war. Lähmend und flirrend lag die heiße Luft über dem gesamten Tal und verschluckte das Glucksen des nahen Baches, der sich unbeirrt seinen Weg durch das vorgegebene Bett bahnte, der allerdings zum Rinnsal geworden war, denn wochenlang brannte eine unbarmherzige Sonne von einem ebenso wolkenlosen Himmel, ließ die Erde bräunen und Früchte verdorren, Menschen und Tiere sich vor der Hitze verkriechen. Der Waldboden döste trocken vor sich hin, trug keinerlei Schwämme oder Pilze. Der Borkenkäfer wütete in den Fichtenwäldern. Eine Bittprozession, die um Regen betend von einem Ried zum anderen zog, blieb ebenso erfolglos wie das morgendliche und abendliche inbrünstige Beten der Bauern um das ersehnte Nass, wo sie mit ihren Pflügen in den von der Sonne ausgedörrten Böden stecken blieben und keine Saat einzubringen imstande waren. Das Gras verbrannte stehend zu Heu, die Blätter der Bäume fingen bereits an, sich zu verfärben und die Äste trugen bestenfalls kleine, verschrumpelte Früchte. Nun warfen die Bäume bereits lange Schatten auf das Wasser, während die Sonne sich anschickte, langsam hinter der Hügelkette hinabzusinken. Der erfolglose Fischer hob den Schwimmer so weit aus dem Wasser, dass er den Haken mit seinem Köder fassen konnte. Nicht einmal ein kleines Fischlein hatte ihn angeknabbert, den Wurm, der bleich und vom Wasser aufgesogen am Haken hing. Er zog die Schnur ein, warf den kaputten Wurm ins Wasser zurück, klappte seinen Stuhl zusammen, nahm den Becher mit Würmern, die in feuchte Erde gebettet, was ihnen das Überleben ermöglichte, verstaute die Utensilien auf seinem Moped, um den langen Feldweg Richtung Dorf zu fahren, eine riesige Staubwolke hinter sich lassend.

Der Fluch des Pharao

„Raiffeisen, Raiffeisen", scharf akzentuiert und etwas unge-
duldig rief Ali Muhammed, der ägyptische Reiseleiter, seine
Schützlinge zur Abfahrt. Raiffeisen war nicht nur das Reisebü-
ro, welche die Reise für die burgenländischen Maler organisier-
te und durchführte, sondern auch der Sammelruf für die Rei-
seteilnehmer, welche nach einer Besichtigung eines Tempels
oder anderer Sehenswürdigkeiten zur Abfahrt gerufen wurden.
Die vorher vereinbarte Abfahrtszeit war jedoch, wie immer an
derartigen Orten, kaum einzuhalten, da es von aufdringlichen
Händlern nur so wimmelte und schon das geringste Interes-
se nach angebotenen Waren nach orientalischer Art das Feilschen um Preis, um Menge beinhaltete beziehungsweise nach
sich zog, ob es nun zu einem Kaufabschluss kam oder nicht.
Nun war es wieder so weit. Die Reisegruppe lag noch im Clinch
mit den umherschwirrenden Händlern, murrend, schimpfend,
radebrechend, sich halt mit Händen und Füßen verständlich
zu machen versuchend. Einige aus der Gruppe standen bereits
beim Reiseleiter neben dem Bus, zum Teil noch umringt, beinahe attackiert von den aufdringlichen Verkäufern. Andere folgten
dem Ruf ihres (Reise-)Führers, verfolgt von den bisher erfolg-
losen Straßenhändlern und strebten dem Bus zu. Kommerzialrat Ernfried Hansel, seines Zeichens Meister seiner Zunft und
kunstbeflissen sowie der Chef dieser ganzen Truppe, stieg nach
eingehender Besichtigung einer Grabkammer, seine gesammel-
ten Eindrücke verarbeitend, wieder aus jener. Die wiederholten,
auffordernden und lockenden Rufe seines Reiseleiters nahm er
nur vage wahr, so sehr war er damit beschäftigt, das eben Gesehene, was vor über fünftausend Jahren gebaut wurde, zu verstehen und zu verarbeiten. Eine gutturale Stimme schreckte ihn

aus seinen Tagträumen. Ein unglaublich schmutziger Fellache in einem zerfetzten Turnus, welcher wahrscheinlich bei seiner Erzeugung den Farbton Weiß sein Eigen genannt haben dürfte, stand direkt vor ihm. Hohle Wangen, stechende Augen, ein ruckartig sich bewegender Kopf, nach allen Seiten hin gehetzt blickend, und ohne dass es unserem Kommerzialrat so richtig bewusst wurde, war dahinter einer der vielen Feströcke sichtbar. „Englishmen", artikulierte er und deutete auf einen mit nur einem Zahn bestückten Mund. Eine auferstandene Mumie, durchzuckte es den Zunftmeister Kommerzialrat. „Professor?", wollte die Gestalt wissen und in der Tat, unser Innungsmeister mit dem Cäsarenkopf eines römischen Kaisers mitsamt den grauen Locken, welche sein Haupt umrandeten, entsprach eher dem Aussehen eines Gelehrten als dem eines biederen Handwerkers. Die zerlumpte Gestalt warf weiter gehetzte Blicke nach allen Seiten, als säße ihm der Teufel bereits im Nacken. Und da unser verehrter Herr Innungsmeister zudem noch ein äußerst intelligenter Mensch war, konstatierte er exakt, dies wäre ein Grabräuber. Tatsächlich zog jener alsbald ein Stück bearbeiteten Stein aus seinem Umhang. Er zog eine kleine Ecksäule eines Sarkophags, eingewickelt in Fetzen, welchen er bisher unter seiner grau-schwarz-braunen Umhüllung verborgen gehalten hatte, hervor. Allerdings hatte er sich vorher mit hektisch umherschauenden Blicken versichert, dass keine Gefahr drohte. Der als Grabräuber Ausgeforschte drückte dem Meister Fetzen und Sarkophagfragmente in die Hand, machte mit beiden Händen buddelnde Bewegungen, gerade so, als ob ein Hund einen Knochen ausgraben würde. Unser Innungsmeister hatte, wie gesagt, die ganze Sache sofort durchschaut. Als Kunstliebhaber, Sammler von Antiquitäten usw., er besaß unter anderem ein Maschinengewehr aus dem Zweiten Weltkrieg, ließ dieses fünftausend Jahre alte Stück sofort sein Herz höher schlagen. Seine Gedanken kreisten um dieses Stück des Sarkophags, welches heiß in seiner Hand brannte. Er musste dieses Stück erstehen, zu einer Summe, die natürlich erklecklich war, aber für dieses uralte Stück – immerhin ein uraltes Stück ägyptischer Geschichte – absolut gerechtfertigt schien. Der zerlumpte Mann drückte seine Wangen noch hohler ... und das Stück Geschichte brannte nach wie vor in des Meisters Händen. Aber sollte er es wagen, diese Antiquität außer Landes zu schmuggeln? Was wäre wohl, wenn sie ihn dabei erwischten? Sein Enkel Markus fiel ihm ein, dieses aufgeweckte Bürschchen, das, kaum den Windeln entwachsen, kaum des Alphabets mächtig, mit akribischer Genauigkeit hingegen jedoch bereits Briefmarken auf ihre Echtheit hin überprüfte. Im Geiste sah er ihn schon mit seiner Lupe dieses Stück Stein röntgenisieren und seinen Opa anerkennend auf die Schulter klopfen und hörte ihn bereits sagen: „Opa, Du bist ein Pfundskerl, und Dir ist es gelungen, den Zoll zu überlisten und dieses wertvolle Stück aus dem Land zu schmuggeln." Und er drückte ihm einen Kuss auf die Wange, womit er sonst sehr sparsam umging und was daher als besondere Anerkennung und Auszeichnung galt. Diese Vorstellung und Vorfreude darauf ließ ihn seine Brieftasche zücken und ohne Feilschen die von dem Fellachen genannte Summe auszufolgen. Blitzschnell, wie er aufgetaucht war, verschwand dieser auch wieder, als wäre er in seine Grabkammer zurückgekehrt. Nun hörte unser Chef endlich auch wieder die Stimme unseres Reiseleiters, dessen Stimme schon Anzeichen von Heiserkeit erkennen ließ. Schnell verstaute er mit schlechtem Gewissen das Stück Stein, sah sich noch einmal um, ob auch wirklich niemand diese Transaktion beobachtet hatte. Als er merkte, dass der Fluch des Pharao hinter dem Felsen verborgen blieb, steuerte er raschen Schrittes auf den Bus zu. Den Rest der Reise verbrachte unser Herr und Meister in Furcht vor Entdeckung der Freveltat. Und erst als er in Schwechat wieder heimatlichen Boden unter den Füßen hatte, die unter der bleiernen Last der Pharao-Antiquität müde waren, atmete er erleichtert auf. Selbstredend bekam das gute Stück einen Ehrenplatz in der vielfältigen Sammlung seiner gehorteten Antiquitäten. Eines Abends, der Herr Kommerzialrat saß gerade bei seiner Lieblingsspeise, Speckknödel mit Sauerkraut. Stefanie, seine Gattin und Markus' Großmutter, immer bemüht, ihrem Ehemann sämtliche Wünsche, sofern es in ihrer Macht stand, zu erfüllen, und der vor allem das leibliche Wohl ihres Gatten über alles ging, was sich in der leiblichen Fülle ihres Mannes niederschlug. Unbekümmert, als sie gerade den überaus ersehnten Speckknödel und das dazugehörende Sauerkraut auf den Teller lud, meinte sie so zwischendurch: „Heute war Markus hier und Du weißt, wie sehr ihn alles interessiert. Deine neuen Marken, die Du neulich nach Hause brachtest, fand er übrigens in Ordnung und die Chancen für sie, einmal aufzusteigen, ganz gut. Mit seinem Vergrößerungsglas hatte er sich auch Deine ägyptische Antiquität betrachtet und stell Dir vor, wir beide waren sehr verwundert, denn dies war uns beiden nicht klar."

„Na, was denn?", bohrte der Kommerzialrat, mehr als höfliche Geste seiner Frau gegenüber als aufgrund wahren Interesses, dazu schmeckten ihm die Speckknödel zu gut. „Na, was denn", leicht gereizt seine Frau, „dass die alten Ägypter schon damals, so wie wir heute, gewisse Sachen aus China importiert hatten, denn auf der Rückseite – und das hat Markus deutlich mit der Lupe entziffert – steht ‚Made in China'." Die Frau Kommerzialrat Hansel beklagte sich unlängst bei einer Freundin, sie wisse nicht, was mit ihrem Mann plötzlich los sei. Speckknödel, welche sie seit ihrer Eheschließung nicht oft genug zubereiten konnte, schmeckten ihm plötzlich nicht mehr. Das dürfte mit dem Fluch des Pharao zusammenhängen, denn das letzte Mal, als er Speckknödel aß und das Gespräch auf sein ägyptisches Souvenir kam, das er mitgebracht hatte, sprang er auf, warf dieses Stück auf den Misthaufen und sprach: „Das war der Fluch des Pharao." Und seitdem schmeckten ihm keine Speckknödel mehr.

Das Kriegerdenkmal

Erbaut hat man es nach dem Ersten Weltkrieg, um die Helden, die für das Vaterland gefallen waren, zu ehren. Im Kollektiv. Mitten im Dorf. In der Mitte des Hauptplatzes, so als wäre die Heldenverehrung das ureigenste Anliegen eines jeden Dorfbewohners, mochte ein Vater, ein Sohn oder ein Bruder darauf verewigt sein, oder auch nicht. Vorher, in den vergangenen Kriegen, zeugten keine goldenen Lettern, die ihre Namen verewigten, von ihrem Heldentod. Sie verloren sich in den Jahrzehnten danach, manchmal schon nach Jahren, manchmal wurden sie nicht einmal registriert. Was war ein Menschenleben auch schon wert? Nur jetzt hatte man auf einen quadratischen, stufenförmigen Kegel einen Obelisken gestellt, auf dessen Spitze ein zum Sturzflug ansetzender Adler mit stählernem Auge gerade seine Flügel öffnet und zu dessen Füßen, auf den Stufen, ein soeben tödlich verwundeter Soldat mit brechenden Augen, sein Gewehr aus der Hand fallen lassend, den Kopf geknickt, sich dem Tode ergebend. Und über den Stufen mit dem soeben Getöteten waren auf dem Obelisken schwarze Tafeln angebracht, wo golden gemeißelt ihre Namen verewigt wurden. Aus Marmor der Obelisk und die Stufen, der Adler und der Soldat geschlagen, einschließlich der marmornen Tafel als ewiges Mahnmal für die Zukunft gedacht. Doch schon zwei Jahrzehnte später wurden neue schwarze Marmortafeln montiert, mit goldenen Lettern, welche von neuen Helden kündeten, vom Ruhm, für das Vaterland sein Leben gegeben zu haben. Und wieder gab es schwarz bekleidete Frauen, die weinend vor den Verewigten standen, mochten es Mann, Vater oder Sohn sein. Der Schmerz um den Getöteten saß tief und nachhaltig. Manche Überlebensgedanken und Existenzängste mochten den Hinterbliebenen zu eigen gewesen sein. Man zündete eine Kerze an. Wie zu Allerheiligen war das Umfeld ein Lichtermeer von hunderten Kerzen, die ihre Schatten auf das vom Tod gezeichnete Gesicht des Soldaten warfen und so Angehörige in dem von flackernden Kerzen verschatteten Ebenbildes suchte. Und es werden sicher nicht die letzten schwarzen, marmornen Tafeln gewesen sein, die man an einen Obelisken schrauben wird, denn wenn der Mensch wieder euphorisch oder getrieben in den Krieg zieht, hat er den Tod längst vergessen, aber auch, dass sein Name auf der marmornen, schwarzen Tafel stehen könnte.

Der Keltenfürst

Es war im Jahr 1664, als die Dorfbevölkerung durch hohe Geburtenzahlen, trotz hoher Kindersterblichkeit, wuchs und wuchs. Und das den Bewohnern von den Grundherren zugeteilte Land, das sie jahrhundertelang gerodet hatten, die Äcker bis auf die Bergkämme hinaufgetrieben hatten und in den ostwärts liegenden Ebenen den Wald bis auf die schottrigen Hügel, ...zurück gedrängt hatten. Ein Überbleibsel aus der letzten Eiszeit ging man daran, die moorigen Wiesen, in welchen sich die Strem schlängelnd ihren Weg bahnte. Bei Hochwasser, welches sie oftmals während des Sommers führte, nutzte sie das ganze Tal als ein einziges Bachbett. Man ging daran, der Strem ein eigenes Bett zu graben, was in dem moorigen Gelände leicht vonstattenging, und das Aushubmaterial auf die sie umgebenden sumpfigen Wiesen zu verteilen, so dass eine leichte Erhöhung besonders tiefliegender Stellen dadurch erreicht werden konnte und man so Gräben und Kanäle zu dem nun tiefer ausgehenden Bach schuf und damit versuchte, das dauernd unter Wasser stehende Land zu entwässern, um aus dem langen Au, so hieß dieser Ried, bebaubares Land zu gewinnen. Drei Jahre werkten hunderte von Bauern, von ihren größeren Kindern unterstützt, davon abgehalten konnten sie nur durch ihre Feldbestellungen, wie säen und ernten, pflügen und eggen, durch wolkenbrüchige Regenfälle, die Wiesen überschwemmten, oder von einer allzu großen Kälte. Ihre kontinuierliche Arbeit zu unterbrechen, um so hunderte Hektar von Moorwiesen trocken zu legen und damit urbares Land zu ersetzen, um in einem heißen, trockenen Sommer das erste Mal die Au mähbar geworden war, so dass von den Bauern das erste Mal Heu aus dem vormals nutzlosen Moorwiesen eingebracht werden konnte. Und dutzende von vollbeladenen Heuwagen auf den Wiesen aufgestellt, um den Triumph über den Sumpf zu feiern, wie es der Dorfrichter in seiner Rede formulieren und es auf einen Punkt zu bringen gedachte. Und der Dorfrichter hielt auf einem eigens für ihn aufgestellten Podium, mitten auf einer von Gräben umsäumten Wiese, um das sich die Dorfbewohner versammelt hatten, eine launige Rede. Hatte er doch schon mit manchen Bauern, mit dem von ihm gespendeten Wein, den er aus seinem Weinfreigarten lukriert hatte, schon manches Gläschen gekippt. Er hielt eine launige Rede. Er verwies auf die Sage von den Keltenfürsten, der auf der Spitze des gegenüberliegenden Kogelberges, unter der weithin sichtbar, riesigen, tausendjährigen Eiche begraben sein sollte, umgeben von seinen Getreuen. Und dass der ganze Berg hier, zwinkerte er denen, die ihm am nächsten standen, schelmisch zu, nichts anderes sei als die von den Keltenkriegern vernichteten Feinde mit ihren Pferden, die in grauer Vorzeit das Land überfallen hatten. Aber das Gros des riesengroßen Heeres hier in diesem Moore mit ihren Pferden versunken sei und dieses Moor die Bewohner gerettet habe. Und so dieses ganze Land unter ihnen eigentlich nichts als ein riesiger Friedhof sei und die Reiter nur darauf warteten, wie die Reiter auf dem Berg die ihre Geister in den Bäumen aufstiegen, aber jeder mal bei Vollmond, wenn man das Rumoren im Berg, da lächelte er wieder schelmisch vor sich hin, wieder in den Berg zurück mussten. Er war nicht nur der größte Bauer im Dorf, hatten sich vor Generationen seine Vorfahren von Lehensherren bereits freigekauft, so wie all ihre Nachfahren waren sie nun frei, obwohl die anderen Bauern noch Frondienst zu leisten sich gezwungen sahen und ein Zehntel ihrer hart erarbeiteten Früchte den Lehensherren abzuliefern hatten und weitere zehn Prozent der Kirche. Sonst wäre er nicht Dorfrichter, als solcher gewählt worden, und auch der größte Witzeerzähler. Nur viele der Anwesenden fühlten sich plötzlich gar nicht wohl, sollten sie tatsächlich auf einem riesigen Friedhof ihr Heu mähen, aber sie hatten keine wie immer gearteten Knochen in dem von ihnen ausgehobenen Bachbett noch in einem der vielen von ihnen gestochenen Gräben gefunden. Bis sie widerwillig das Holz auf dem Kogelberg schlugen, um ihre Dachstühle und Scheunen daraus zu zimmern. Erst wenn das geschlagene Brennholz im Ofen wärmegebend verbrannte, so freuten sich die waren sie doch allesamt abergläubisch, diese einfachen Menschen aus dem Dorfe. Und sie wussten um die Sagen, die sich um den Kogelberg mit seiner tausendjährigen Eiche und dem Moor rankten. Und so mancher Bauer war, wenn er die Gräben mit seiner Schaufel aushob, wohl in banger Erwartung, auf eine Moorleiche zu stoßen. Aber jene konnten längst in die Tiefe des Moores hinabgesunken sein. Doch nichts dergleichen geschah. Der Dorfrichter wollte ihnen doch nicht das neu gewonnene Land madig machen, hatte er doch selbst auch auf seinen ihm zustehenden Anteil verzichtet, aus lauter Edelmut. Aber besaß er nicht die besten Rieden im ganzen Dorf, zuzüglich der bestgelegenen Weingärten? Nach der launigen Ansprache des Dorfrichters, der dazu noch ein Mensch von einiger Bildung war und die vollbrachte Leistung eines jeden Dorfbewohners unter den Scheffel des Lichtes stellte, um manche davon noch besonders hervorzustreichen, um nachher dem geistlichen Herren das Zepter der Rede zu übergeben. Aber auch diese prieset in Anbetracht seiner religiösen Verpflichtung kam seiner Rede, auf die seit Generationen überlebenden Sage zu sprechen, denn er verglich dieses Heer, das aus dem Osten kam, mit der Errettung der Juden im Roten Meer, als die Wogen des Meeres über die sie verfolgenden Ägypter zusammenschlugen, um das Heer des Pharaos zu vernichten und Gott den einen wie den anderen errettete, den Juden wie den Kelten, um seine Kunst zu bezeugen. Und mit dankbarer Stimme und von den Stimmen seiner Schäflein untermauert das Vaterunser zu beten. Als plötzlich sich zuerst ein leiser Wind erhob, der die Haare der Frauen und Kinder und die Bärte der Männer zauste, immer mehr erstarkend, so dass sich die Menschen einem aufkommenden Sturm entgegenstemmen mussten und eine schwere Wolkenbank sich vom Kogelberg her auch herbeischob und plötzlich das ganze

Tal von einem irrlichternen, schwarzen Firmament überzogen, welches keine Sonne mehr zuließ, sondern das Land unter sich begrub. Tausende von Blitzen vom Himmel zur Erde fuhren und einer von ihnen die riesige Eiche vom Gipfel des Berges spaltete, die sich brennend den unter ihr liegenden Barbaren ergab, so dass der Keltenfürst seine Macht und die unter ihm liegenden und besiegten Feinde verlor und sie sich mit funkensprühenden Hufen, feuerspeienden Nüstern, peitschenden, brennenden Schweifen und flammenden Mähnen aus ihren jahrtausendalten Gräbern zu erheben vermochten, um mit ihren Gefährten, die nun mit blitzenden Hufen und brennenden Schweifen die strohbedeckten Häuser in Brand zu setzen und das Dorf der endgültigen Vernichtung zuzuführen. Kinder und alte Menschen, die nicht auf dem Fest waren, verbrannten in dem Inferno, einschließlich jeglichen Viehs. Doch lange, allzu lange ließ der nachfolgende Wolkenbruch auf sich warten, so dass sich die Menschen, die auf der Wiese standen, umgeben von den von ihnen geschaffenen Gräben, sich noch retten konnten, bevor das Land in der nachkommenden Sintflut, die tagelang das Tal heimsuchen sollte und die als Sieg gedachten aufgestellten Heuwagen, die in den Tiefen des Moores versunken waren und sich tausende Moorleichen mit ihren verledernden Pferden aus der Tiefe des Moores erheben konnten, um mit den anderen Kriegern vom Kogelberg, welcher nur noch ein Hügelchen, und mit dem fürchterlichen Unwetter Richtung Ost zu ziehen, nunmehr einen talbreiten See hinterlassend, der auch heute noch die Landschaft prägt und der gestreng mit manchmal weniger, auch manchmal mit gewaltigen Wassermassen fließt und in mondhellen Nächten den Fischenden an seinen Ufern, in das dunkle Gewässer schauend, und manch gewichtiger Fisch sich an dem Angelhaken verbeißt und die Schnur ob des Riesenfisches reißt und sofern er der Sage kundig, welche vom Entstehen dieses riesigen Teiches erzählt, er wohl mit mulmigen Gefühlen diese Stätte nächtlicher Fischereien verlässt. Denn die Sage erzählt, dass nicht alle der Krieger ihrem moorigen Grab entkommen konnten und sie nächtens, besonders wenn der Sturm, gischtische Kronen auf den Wellen schlagend, sie auf das Ufer klatschend, auf den Wellen reiten, aber den See nie mehr verlassen können, denn auf der Spitze des nun kleinen Hügels des Kogelbergs wuchs eine neue Eiche heran. Und das nun schon jahrhundertelang unter der der Keltenfürsten ewiges Grab gefunden hätten.

Die Nymphomanin

Und schon war sie in aller Munde, obwohl sie offenbar ein Häufchen Elend, wurde genüsslich zerkaut, verurteilt, mit hohnspeibenden Mündern, mit spitzen Zungen erdolcht, um nichts Menschenwürdiges an ihr zu belassen. Denn sie war eine Hure geworden, noch dazu eine aus so genannten gottesfürchtigen, aber armen Hause. Ach, die arme Mutter, ach, der arme Vater und erst ihre Geschwister, noch dazu die ehrwürdigen Großeltern. Was war aus dieser Familie geworden, mokierten sich die Selbstgerechten. Eine Hure, die sich und ihren Körper an fremde Männer verkaufte. Männer, die dafür bezahlten, für Liebesdienste, die sie bot, schaurig, ob der sich vorstellenden Taten, die sie an den Männern hatte vollbracht. So verkroch sich manche keusche Ehefrau unter ihrer Decke, die sie sich bis zu den Ohren gezogen hatte, steckte doch in so mancher Frau eine Nymphomanin. Doch ließen es die gesellschaftlichen Spielregeln nicht zu, dass diese jetzt Hure eine Nymphomanin war, wurde schon vorher geflüstert und ihr schon damals ein Techtelmechtel mit so manchen Jüngling nachgesagt, in einem Dorf, wo das unterhalb der Gürtellinie angesiedelte Gesprächs verpönt war. Aber nun hatte sie ihre Neigung zum Brotverdienst erhoben. Wie schändlich, sie, wie das ganze Dorf wusste, bei einer Patrizierfamilie in der Stadt, da sie dazu noch eine gute Schülerin, als Kindermädchen angestellt, und so von der Frau des Hauses manches von dieser bereits abgelegten, aber noch wunderschöne Kleidungstück bekam, welche sie protzend, kam sie wieder einmal ins Dorf, vor sich hertrug, und da sie noch dazu ein äußerst hübsches Mädchen, wurde ihre Schönheit von der Garderobe unterstrichen. Und dass sie weder Essen, noch Trinken, noch Schlafgemach, noch wie man sah eigene Garderobe kaufen musste, so ihr das ganze Geld, das sie von ihrem Dienstherren bekam, ihrer armen Familie weitergeben konnte. Die meisten Dorfbewohner schätzen sie deshalb, aber auch einige Neider, besonders aber ihre schönen Kleider, meinten jetzt, sie hätte es zumindest schon damals geahnt, dass sie auf dem Strich gehen würde, denn welche Dienstfrau, und wäre sie auch noch so reich, würde eine derartige Garderobe einem Kindermädchen schenken? Und jetzt, da ihr verruchtes Leben ans Tageslicht getreten, sie vorgab, in der Stadt zu arbeiten, arbeiten schon, aber welcher Arbeit sie nachgegangen war, das hatte das ganze Dorf schockiert und man mied sie, so man die Erkenntnis erlangte, welcher Art von Arbeit sie nachgegangen war. Bedachte mit mitleidigen Blickes ihre ehrbare Familie. Man wollte mit so einer Familie eigentlich nichts mehr zu tun haben, die so ein rabenschwarzes Kind ihr Eigen nannte. Sogar der Pfarrer von der Kanzel Gottes predigte von dem Gebot der Keuschheit, ohne sie jedoch selbst in dem Wort des siebenten Gebotes zu erwähnen. Aber jeder der Kirchenbesucher wusste, um was und wen es sich handelte, so die Männer, eine verschworene Gemeinschaft wider die guten Sitten, mit gesenkten Hauptes die läuternde Predigt über sich ergehen ließen.

Hatte doch einer von ihnen im Wirtshaus, als er besoffen, diese Art des Broterwerbs genannter Person kundgetan. Wenigstens war er nicht verheiratet, so es doch nicht sein Recht war, eine Dirne zu besuchen. Bei all den anderen war es schon problematischer. Meistens verheiratet, mit einer Schar von Kindern obendrein behaftet und nicht allzu viel in der Hosentasche, aber einiges hinter dem Hosentürl aufbegehrend, so dass ihre Frauen jedoch schon auf Grund der hohen Kinderzahl sich zu verwehren wussten. Um den Notstand auszugleichen, wurdedie Adresse von besagter Dirne in der Stadt von einem zum anderen weitergegeben wurde und das noch dazu von himmlischer Natur war. So manche der Männer, auffallend oft in einer nahe gelegenen Stadt zu tun gedachten, sei es der Einkauf unwichtiger Geräte, die man erst bei Beginn der nächsten Saison gebrauchen würde, aber jetzt schon teurer waren als vergangenes Jahr. Was ein verzweifelndes Kopfschütteln ihrer Frauen regelmäßig hervorrief. Ja, so ging das Leben jahrelang seinen gewohnten Gang, bis der besoffene Junggeselle sein Tun mit ihr im Dorfwirtshaus zum Besten gab. Aber sie kam regelmäßig allmonatlich wieder in ihr Dorf, ging zu ihrer Familie und gab ihnen ihr vorgetäuschtes, jedoch jährlich erhöhtes Dienstmagdgeld, um wieder in der Stadt zu verschwinden. Wie im Dorf so üblich, getraute sich jedoch kein Mensch, der Familie diese für sie betrübliche Tatsache mitzuteilen, so dass das Leben ansonsten seinen gewohnten Gang ging. Die Großeltern starben, die Geschwister aus dem Haus, die Eltern wurden alt, so dass ihre Tochter sie eines Tages in die Stadt mitnahm, wo sie ein palaisähnliches Haus ihr Eigen nannte, wo bereits viele andere Mädchen für sie arbeiteten. Das war die Geschichte einer Nymphomanin, die ihre Neigungen kommerziell auswertete und so auch noch in späteren Jahren sich selbst als das beste Pferd im Hause bezeichnen konnte. Aber der in ihrem turbulenten Leben der Familiensinn nicht verlorengegangen war.

Der Schnitter

Janosch war ein mittelalterlicher Zigeuner, der bei den Bauern zur Erntezeit hin und wieder aushalf. Natürlich musste der Bauer neben dem Salär auch das Essen und Trinken in ausreichender Menge und Güte zur Verfügung stellen. Ein kleiner Bauer, der es trotzdem nicht schaffte, die Ernte seines Kornfeldes alleine einzubringen, nahm nun Janosch, der noch viel ärmer als er selbst es war, in seine Dienste. Janosch erschien frühmorgens mit seiner Sense auf dem Kornfeld des armen Bauern, der wohl um die Besonderheiten seines Dienstnehmers wusste und sogleich das Essen und Trinken für den ganzen Tag auf das Feld mitbrachte. Nun frühstückten sie erst mal ausgiebig, zumindest der Zigeuner, worauf er anschließend zum Bauern hin meinte: „Wir können doch auch gleich das Mittagessen einnehmen, um uns dann nicht mehr von der Arbeit abhalten zu lassen."

Der Bauer mit dessen allzu bescheidenen Magen, da er vom Frühstück nicht die Menge des Zigeuners abbekommen hatte, war einverstanden und so verspeisten sie auch gleich das für das Mittagessen vorgesehene Mahl. Als sie den ersten Krug Most geleert hatten, meinte der Zigeuner: „Und wenn wir hier schon dabei sind, könnten wir doch auch gleich das Abendessen zu uns nehmen und wir bräuchten nicht nach getaner Arbeit noch auf dem Acker herumsitzen."

Schweren Herzens stimmte das Bäuerlein zu, sich seiner Abhängigkeit bewusst, schließlich war sein Magen doch von den beiden Mahlzeiten hintereinander gefüllt. Und so aß der Zigeuner auch gleich das Abendessen des armen Bauern mit, trank den zweiten Krug Most und als er alles aufgegessen und ausgetrunken hatte, räkelte er sich wohlig im ungemähten Kornfeld, um nachher zu erklären, dass sein Vater, Gott habe ihn selig, immer erklärt hatte, nach dem Abendessen würde ein Zigeuner nie mehr ein Werkzeug in die Hand nehmen, geschweige denn dass er überhaupt noch etwas arbeiten würde. Er stand auf, nahm seine Sense und ging leicht schwankenden Schrittes von dannen.

Der Flohmarkt

Als der Priester nach der Predigt zu den allgemeinen Verkündigungen überging, nach den Messeansagungen, für wen und von wem bezahlt, kam man zur Sache. Er blickte von der Kanzel skeptisch auf seine Schäflein hinunter, welche verunsichert auf den hölzernen Bänken kauerten, und so ziemlich alle den Blickkontakt mit ihm vermieden, denn der Blick des Pfarrers verhieß selten was Gutes. Und sein Blick durchstreifte eine Kirchenbankreihe nach der anderen, blieb an so manchem der darauf Sitzenden hängen, um anschließend weiterzuwandern und all seine Schäflein in seinem Gedächtnis zu registrieren und abzuspeichern. Er fand, heute waren sie alle gekommen, welche nicht zu alt und somit gehunfähig oder krank und siech waren. War doch Kirchweihfest in der kleinen Gemeinde und man feierte den Kirchenpatron, eben den Heiligen, dem diese Kirche geweiht war. Das war allerdings schon vor Jahrhunderten geschehen, das mit dem Weihen und dem Erbauen der Kirche. Aber der Zahn der Zeit nagte auch an diesem Gotteshaus, so dass zum Beispiel die Dachziegel brüchig und löchrig wurden und das Wasser in die Kuppel der Kirche eindrang, was bereits einige Wasserflecken an der Decke dokumentierten. Ohne ein Wort zu sagen, deutete der Pfarrer auf einige dieser Flecken an der Decke, gefolgt von vielen Augenpaaren. Er senkte seine Hand und ließ seinen Blick wieder durch die Schar seiner Gläubigen wandern. Auch deren Blick löste sich wieder von der Decke und fixierte die Kanzel, wo soeben ein stimm- und wortgewaltiger Kirchenvorsteher sich anschickte, die Geschichte der Kirche, ihrer Kirche, von der Ist-Zeit bis zur Erbauung retour zu erzählen und somit die jahrhundertealte Geschichte lückenlos zu präsentieren. Er sprach von der aufopfernden Hingabe der

Erbauer, vom schier grenzenlosen Einsatz derselben und dass diese Kirche binnen acht Jahren, aller Unbill zum Trotz, von den Grundfesten bis zur Turmspitze fertig gestellt wurde. Hier legte er eine kleine Pause ein, um die Wirkung seiner Worte, welche er beinahe in Form eines Heldenepos rezitierte, wirken zu lassen und zu überprüfen. Er war sich sicher, den Stolz auf ihre Ahnen geweckt zu haben. Er beobachtete so manchen, der anerkennend vor sich hin nickte. Ja, das waren noch Menschen, die in ihrer Liebe zu Gott und in ihrem unerschütterlichen Glauben fähig waren, derartige Taten zu bewirken. Nicht so wie heute. Aber dieses sprach der Priester nicht aus, sondern er hing einfach seinen diesbezüglichen Gedanken nach. Flaue Gesellen, die mit dem Glauben nicht wirklich was am Hut hatten und die nur noch zur Kirche gingen, weil es halt ort- und landesüblich war. Danach fuhr er fort: „Nichts ist für die Ewigkeit erbaut, so auch keine Kirche, die schon jahrhundertelang der fortwährenden Witterung ausgesetzt ist, wodurch zum Beispiel das Dach löchrig wurde und es würde, sollten wir nicht bald was unternehmen, wohl auch der Dachstuhl infolge einbrechenden Wassers verfaulen und verrotten. Ganz abgesehen von der Deckenmalerei, welche ohnehin schon beschädigt ist."

Erwartungsvoll sah die Gemeinde zu ihrem Hirten auf, um ihn sagen zu hören: „Und so werden wir schon in Gedenken an unsere Ahnen zur Erhaltung unserer Kultur" – denn er wusste, der Begriff Kultur hatte nicht nur in dieser Gemeinde, sondern andernorts auch, einen höheren Stellenwert als Kirche – „und so werden wir es gemeinsam schaffen, dieses Kirchendach zu restaurieren, zumal auch die Kirche das ihre dazu beitragen wird." Und der Theaterverein der Gemeinde spielte Theater und der Gesangsverein gab Kränzchen zum Besten und der Kegelverein kegelte um des Kirchendachs willen und der Fußballverein verspielte freiwillig einen Teil seiner Einnahmen eben dafür, der Musikverein machte ein Benefizkonzert, der Eisschützenverein ... die Liste könnte man beliebig fortsetzen. Flohmärkte wuchsen allerorts heran, um teils Gerümpel, teils brauchbaren Hausrat, aber auch Antikes dem Besucher anzubieten beziehungsweise zu verkaufen. Und so manches erworbene Stück wurde auf einem anderen Flohmarkt wieder angeboten, da die Flohmarktbetreiber immer neue Waren brauchten. Die, die hier gekauft wurden, wurden eventuell an einen andern Flohmarkt verschenkt, so dass ein logischer Kreislauf entstand und einiges an Spenden für das reparaturbedürftige Dach zusammenkam, so dass manch Besitzer der ausgelaufenen Aktion so mancherlei Plunder sein eigen nannte und jetzt de facto nicht sein Gerümpel zuhause hatte, welches er selbst verschenkt hatte, sondern halt fremdes. Und als er die Kosten-Nutzen-Rechnung erstellte, Ausgaben, Einnahmen etc., da musste er notgedrungen zur Einsicht kommen, hätte er gleich das Bargeld gespendet, wäre ihm einiges erspart geblieben.

Die Schnapseinkäufer

Ein Wirt aus der Stadt Steinamanger schickte zwei Söhne aufs Land, um Spirituosen bei den Bauern einzukaufen. Er gab ihnen eine Menge Geld mit. Damit sie so viel wie möglich von Schnäpsen wie Slibowitz, Marillenschnaps, Apfel- oder Birnenbrand einzukaufen vermochten. Ein Esel zog das kleine Wägelchen hinter sich her, auf dem all das Gekaufte verstaut werden sollte. „Du Janos", sagte der Ältere von den beiden, „eine Menge Geld gab uns der Alte mit, aber er zahlt uns keinen Lohn für unsere Arbeit im Wirtshaus, lässt uns die Bierfässer schleppen und anschlagen, das Bier und den Wein einschenken, an die Tische bringen, während er mit voller Brieftasche herumläuft und kassiert und uns so um unser Trinkgeld bringt. Na ja, mit seiner Dicke kann man von Laufen nicht mehr sprechen, eher von Wälzen und Schnaufen, isst er doch nicht, sondern frisst in sich hinein." „Da hast du recht, Bruder Polay, da hast du wirklich recht. ... und einig wie Sklaven. Ich glaube, den römischen Sklaven ist es besser ergangen als uns. Aber wieso vertraut er uns so viel Geld an?" „Was heißt viel?", darauf der Älteste. „Hat er nicht gesagt, er wünscht den Wagen voller Flaschen und ob wir mit diesem Geld den Wagen vollbekommen, bezweifle ich schon sehr.", meinte darauf der Jüngere, ja das meine ich. So trotteten sie manchmal vor, manchmal seitwärts und manchmal hinter dem Esel her, eine staubige Straße entlang und wenn der Wind sich erhob, einem der Sand in die Augen blies. „Du, Janos", fing der Ältere der beiden an, um sich dann zu räuspern. „Wie könnten wir es anstellen, dass wir den Wagen mit den Bränden vollfüllen und trotzdem etwas Geld bleibt, das uns gehören würde?" Der Jüngere sagte nichts dazu, sondern legte seine Stirn daraufhin in Furchen und dachte darüber nach, um dann zu seinem Bruder

zu sagen: „Du bist der Ältere, also auch Gescheitere und du sollst
wissen, wie wir das anstellen könnten." „Ja, sagte darauf der Ältere, daran denke ich ohnehin den ganzen Weg, wie wir das bewerkstelligen könnten." „Und dir ist nichts eingefallen?", ungläubig der Jüngere, „du weißt doch sonst immer alles, was es so gibt
auf der Welt." „Ja, ja", fühlte sich der Ältere geschmeichelt, „aber
diesmal", und er machte eine unbeholfene Geste mit seinen Händen, „will mir partout nichts einfallen." So zogen sie des Weges,
ohne dass die beiden einer Lösung ihres Problems wahrhaftig
wurden. Sie kamen an einem Bauernhaus vorbei, das umsäumt
von Zwetschkenbäumen, unter denen eine Menge von Schafen
friedvoll graste, eingezäunt, so dass sie nicht das halbhohe Korn
im Umfeld zu fressen vermochten. Außerdem Marillenbäume
und auf einem Hügel Weinstöcke in dichter Zahl. Wie können
wir fragen, wenn wir Slibowitz. Da jedoch keine Menschenseele
sich zeigte, wagte der Ältere, an das Tor zu klopfen, während der
Esel sich an dem saftigen Gras gütlich tat. Als jedoch niemand
öffnete, sah sich der Klopfer veranlasst, sein Klopfen zu verstär-
ken. Plötzlich öffnete sich das Tor und ein grimmiger Mann fragte, was er hier suchen würde. Bärtig, mit einem strohigen Hut
auf dem Kopf. Da nahm sich der Jüngere ein Herz und sagte:
„Wir wollen Schnaps kaufen." Der Mann, der die Jungen feind-
selig musterte, sagte darauf: „Ihr Kinder wollt Schnaps kaufen?"
Plötzlich überzog ein Grinsen das Gesicht des Alten, hatte er
nämlich den Esel erspäht, der ein Wägelchen, vollgepackt mit
Korbflaschen, hinter sich herzog. Das Lächeln des alten Mannes
wurde immer breiter. So etwas war ihm noch nie untergekom-
men, dass zwei Buben mit ihrem Esel den Schnaps kaufen wollten. „Habt ihr auch Geld?", fragte er plötzlich misstrauischer.
„Natürlich", beeilte sich der Ältere der beiden zu bejahen. Der
alte Mann öffnete nun das Tor, um die zwei Buben mit ihrem
Eselsgefährt einzulassen, um es nachher wieder zu verschließen. Er besah sich die noch leeren Korbflaschen, überschlug deren Inhalt, wenn sie gefüllt, rechnete sie in seine Fässer um und
fand, sie hätten noch genügend von dem Hochprozentigen gehortet, um all diese Flaschen zu füllen. Er fand, es würde ein gu-

tes Geschäft werden, zumindest für ihn. Offensichtlich war er allein in seinem Vierkanthof. So standen sie nun verlegen in diesem riesigen Hof dem Schnapsverkäufer gegenüber, der aber bewies, dass er Mensch war, denn er lud beide zu einer Jause ein, brachte Brot, Speck aus der Kammer, servierte ihnen noch dazu Butter, stellte einen Krug mit Most dazu und eine Flasche Slibowitz, welche jedoch bereits minderen Inhalts, um sie, da sie keinerlei Anstalten machten zuzugreifen, dazu zu ermuntern: „Esst und trinkt erst, bevor wir anfangen zu handeln." Und er schnitt sich Brot von dem riesigen Laib, den er herbeigeschafft hatte, schnitt daraufhin ein ordentliches Stück Speck von einer ebenso großen Speckseite, goss sich das in Krügel mit Most voll, füllte ein Glas zur Hälfte mit Schnaps, um ihnen anzudeuten, sie mögen das Gleiche tun. Zögernd folgten sie seiner Aufforderung und es schmeckte ihnen so gut, dass sie nicht nur den Most des Kruges bald geleert hatten, sondern auch fast die Flasche mit Schnaps, geschweige das Brot und sogar den Speck, den sie wahrhaftig als Edelfleisch empfanden und im Verein mit dem Gastgeber ratzekahl aufgegessen hatten. Nun saßen sie vollen Bauches und beschwipst von Most und Schnaps, den sie übrigens als Wirtssöhne in seiner breiten Güte erkannten, ihrem Gastgeber gegenüber. Jener rülpste einmal ausgiebig, schob seinen Hut in den Nacken, um zu fragen, wie viel an Geld sie bei sich hätten. Der Ältere, der wusste, wie viele der leeren Karaffenflaschen derzeit noch inhaltslos auf ihre Befüllung warteten, überschlug das Geld, das ihnen der Vater mitgab, um darauf hin einen Literpreis zu errechnen. Das er ... schon auf dem Weg hierher berechnet, nur so, dass er jetzt, der Kauf, konkrete Formen annahm, nur so und er ... die Hälfte des Geldes die sie bei sich trugen. Der Altbauer lächelte listig hinter seinen Bartstoppeln hervor und sagte nur: „So, so, so." „Nun, vielleicht sind es", sagte der Junge darauf, denn drei Viertel der Summe den ihnen ihr Vater mitgegeben hatte. „Einen Vater habt auch ihr", darauf der Alte. „und er ist sicher Wirt." Beide waren daraufhin irritiert, waren sie doch schon reichlich betrunken. „Wieso schickt euch euer Vater und kommt nicht selbst, wie es die anderen Wirte machen?

Er müsste doch erst den Schnaps verkosten, ob er ihn seinen Gästen anbieten konnte." „Ach nein", sagte der ältere der beiden Jungen. „Vater sagt, dass es nur ausgezeichnete Schnapsbrenner in dieser Gegend gebe." Worauf sich der Alte wiederum geschmeichelt fühlte und schon wieder in ihre Gläser einschenkte, um bis auf den letzten Tropfen die Flasche zu leeren, um mit der Zunge über seine Lippen zu schnalzen und zu sagen: „Ja, da hat er recht." Nun schob er seinen Hut wieder aus dem Nacken, so dass er mit verkniffenen Mund und zusammengekniffenen Augen seine Gäste besser beobachten konnte. „Und was sagte euer Vater noch?" „Dass wir ohne Schnaps nicht nach Hause kommen dürfen." „Das also hat er auch gesagt. Aber wenn das Geld nicht dazu reicht, eure Korbflaschen zu füllen, ich denke, es waren ihrer vier in den Karren ... Dazu hättet ihr keinen Esel gebraucht, denn ihr seid ja kräftige Burschen, es sei denn, ihr habt einen anderen Esel gesucht, der euch mit dem von eurem Vater mitgegebenen Geld die Karaffen füllen würde." Darauf schoss dann dem anderen der Buben die Röte ins Gesicht. „Na ja", stotterte der Ältere, „er gab uns mehr Geld, als wir sagten." Aber der Altbauer sagte ihnen auf den Kopf genau die Summe zu, die ihnen tatsächlich ihr Vater zum Kauf des Schnapses mitgegeben hatte. Darauf, nach einer Weile des Schweigens, wiederum der Alte seine Stimme erhob, um den Inhalt der noch leeren Korbflaschen, mal deren Anzahl mit dem üblichen Preis für je eine Karaffe Slibowitz, je eine Karaffe Marillen, eine Karaffe Birnen und je eine Karaffe Weinbrand zu errechnen. Und dann käme etwa diese Summe heraus. Wieder Schweigen. Die zwei Schnapseinkäufer schauten betreten zu Boden, nachdem sie sich betroffen angeschaut hatten. Erst nach einer ganzen Weile schielten sie mit gesenktem Auge nach dem Alten. Der jedoch zündete sich eine lange Pfeife an, der Pfeifenkopf unter der Tischplatte, und tat gerade so, als wäre er allein am Tische, pustete und schmauchte und die Pfeife rauchte und er stieß den Pfeifenrauch ungeniert den beiden entgegen. Aber Rauch waren beide von dem Wirtshaus gewohnt. Wie sie die Getränke, die ihr Vater im Wirtshaus ausschenkte, und alles andere schon durchprobiert hatten. Man sah dem Alten an, wie er den Pfeifenrauch genoss, zwischendurch mit seinem Pfeifenstierer immer wieder in den Pfeifenkopf stochernd, damit die Glut erhalten bleiben möge. Nun ergriff der Alte zwischen seinen Pfeifenzügen das Wort. „Ihr habt euch also ein so genanntes Körberlgeld machen wollen", und während er wiederum an seiner Pfeife saugend, sie mit Augen. „Nein", sagte der Größere, „wir bekommen vom Vater nie ein Taschengeld und so dachten wir," „Nun, ihr dachtet, wenn ihr die Schnäpse billiger bekommt, steckt ihr das Verbliebene in eure eigene Tasche." „Ja", sagte der Jüngere kleinlaut, wo wir doch arbeiten müssen." „Und was müsst ihr gar so viel arbeiten?", fragte der Pfeifenraucher. Und der Kleine erzählte von frühmorgens bis spätabends all die Tätigkeiten auf, die sie verrichten mussten. Und das war nicht wenig, fand sogar der Alte. Ob seine Söhne auch so dachten wie die zwei von ihrem Vater verordneten Schnapseinkäufer? So viel an Vertrauen hatte auch er seinen Söhnen geschenkt, wenn er sie in die Stadt schickte, um irgendetwas einzukaufen. Auch er hatte seinen Söhnen nie Taschengeld gegeben, sinnierte er vor sich hin. Sie bekamen doch alles, was sie brauchten. Aber seine zwei Söhne, er schüttelte nur den Gedanken daran missbilligend den Kopf, nein, dies sicher nicht. War doch der eine Advokat in der Stadt geworden und der andere Bauer, zu rechtschaffenen Männern hatte er sie erzogen. Nachdem er wiederum einen tiefen Zug aus seiner Pfeife gemacht hatte, noch dazu den Rauch in seinem Mund verkostet hatte und kriegte, was er brauchte von seinem Vater. Beide schauten sich an, um gleichzeitig ja zu sagen und der Ältere ergänzend: „Ja, eigentlich mehr, als wir bräuchten. Ich habe zwei Mäntel, obwohl ich nur einen zu tragen pflege, drei paar Schuhe, drei Hosen, drei Pullover und Socken in großer Zahl und dazu noch Hemden." „Und ich habe sogar vier paar Schuhe und fünf Hemden und zwei Hosen und zwei Pullover", ergänzte der Jüngere die Auflistung. Was Vater für sie tat und noch vieles mehr hatte der Alte mit seinen Buben auch so gehalten. Nur betrübte es ihn schon, dass seine zwei Söhne, aber da fiel ihm ein, zu Kirchhaltfest, da gab er ihnen ordentliches Kirtagsgeld, um gleich die zwei danach zu fragen, ob es zumindest zum Kirtag ein ordentliches Kirtagsgeld geben würde. Natürlich, das schon, meinten die zwei, die jetzt erst erkannten, was ihr Vater eigentlich für sie tat oder bereits getan hatte. Der Alte zog noch unentwegt an seiner Pfeife, plötzlich sagte er: „Wenn ich euch die Schnäpse billiger gebe, werdet ihr eurem Vater das restliche, übriggebliebene Geld zurückgeben?" Unsicher schauten sich die beiden Jungen an. Wobei zuerst der eine, dann der andere seinem Bruder zunickte und beide daraufhin gleichzeitig sagten: „Das werden wir." So sie sich doch handelseins wurden, ein Knecht gerade mit einem Wagen voll Rüben durch das Tor gefahren kam, all seine Pferde abgeschirrt und vom Altbauern beauftragt wurde, diese vier Korbflaschen mit den dafür vorgesehenen Schnäpsen in den, in den Keller liegenden abzufüllen. Währenddessen der Knecht die Flaschen füllte, der Esel sich an den Rüben genüsslich vergriff, die drei in der Stube das Geld zählten, das die einen hergaben, um von dem anderen in Empfang genommen zu werden, jedoch ein kleiner Teil wiederum den Besitzer wechselte, nämlich zurück an die Schnapskäufer, und so sich alles in Wohlgefallen auflöste, um mit wohlgefüllten Flaschen mit ihrem Esel wieder durch das Tor zu ziehen und zur nahen Stadt zu fahren. Der Wirt, der sie bereits erwartete, waren ihm doch heute schon eines der bestellten Destillate ausgetrunken worden, um sie mit den ersten Worten zu empfangen: „Reichte das Geld?" „Ja", sagten darauf die beiden und der Ältere: „Wir haben noch etwa zurückgebracht", um den erstaunten Vater damit zu überraschen. Auch er war mit seinem Bruder zu Schnaps einkaufen geschickt worden. Und auch sie hatten einen gütigen Bauern getroffen, der ihnen etwas beließ. Waren sie doch noch halbe Kinder, aber beide waren sich einig, dass sie dieses Geld behalten sollten, gab ihnen doch ihr Vater nie ein Taschengeld. So sie sich damals im Recht wähnten, dieses Geld sich anzueignen. Und er grübelte vor sich hin, woher die zwei die Ehrlichkeit wohl nahmen. Jedenfalls beließ er ihnen das zurückgebrachte Geld, um sie für ihr Ehrlichsein zu belohnen.

Hexen

Der Joschi Batschi, wie er genannt wurde, ein waschechter Ungar, der in diesem kroatischen Dorf eingeheiratet hatte, kennengelernt hatte er seine Maria Jadakowitsch auf einem ungarischen Gutshof, wo seine Frau mit vielen anderen aus dem Dorfe, wie man sagte, auf Saison war. Das hieß, dass sie im Frühjahr vom Dorfe zogen und im Spätherbst, wenn der erste Schnee schon gefallen war, wieder in ihr Dorf zurückkehrten. Und so eines Tages die Marie auch ihren Josef, nebst dem Deputat, den sie alle vom Gutshof bekamen, um über den Winter zu kommen, nach Hause brachte. Zu der Keusche von ihren Eltern und noch dazu von minderjährigen Kindern. Nicht gerade erfreut Vater und Mutter, galt es doch, ein weiteres hungriges Maul über den Winter durchzufüttern. Doch wäre es nicht Joschi gewesen und noch dazu ein stolzer Ungar, der sich nichts schenken ließ. Er ein hohes Deputat auch mitbrachte, so dass den Leuten und Maria den ganzen Winter an nichts zu mangeln brauchte. Aufgrund dieser Tatsache wurde bald aus Joschi, dem Adjohann, der Joschibatschi. Denn er war ein gutmütiger Mensch, der noch dazu seine Maria über alles zu lieben schien und auch zu ihren noch kleineren Geschwistern gut war, wo er oft beim Greißlerladen für diese Zuckerl kaufte, was einen Luxus der Sonderklasse darstellte. Und auch manch anderes arme Keuschlerkind, was mit hungrigen Augen das Zuckerlglas betrachtend, in welchen die Bonbons lagen, von ihm einiges bekam. War er doch beim ungarischen Grafen, der ident mit dem Gutsbesitzer, bekam als Ungar ein weit höheres Salär, noch dazu als Kutscher, als die in der Landwirtschaft tätigen Kroaten, die Zuckerl ..., diese vereinzelt diese mit der Hand bearbeiteten Felder, den Säen, den Pflügen und Ackern, den Fruchtschnitt steht im Hochsommer und den Rüben ausnehmen im Spätherbst wo die ... Bei Kälte und Nässe die Rüben aus dem Bereich leicht angefroren gezogen werden mussten. Das alles blieb dem Joschi erspart, der nur sein Fuhrwerk mit den zwei Pferden mittels seiner langen Zügel zu dirigieren brauchte, um das Heu, den Fruchtschnitt oder die Zuckerrüben nach Hause beziehungsweise gleich in die Fabrik zu fahren. Er war ihnen gegenüber ein Herr und so lebte er inzwischen unter ihnen. So er auch viele von ihrer Arbeit auf dem Gutshof kannte, selbstredend, dass auch noch in diesem Fasching geheiratet wurde, als das Land bereits anfing, sich seines Schnees an den sonnseitigen Hängen zu entledigen, um Abba die dunklen Flecken der Erde zu zeigen. Es wurde eine große Hochzeit gefeiert, wo noch das halbe Dorf miteinander verwandt, so manche Cousins zweiten Grades sie noch zur engen Familie zählen konnten. Nicht so wie bei den Deutschen, wo ab dem Cousin ersten Grades die verwandtschaftlichen Bindungen nicht mehr zählten. So kam es, dass beide ... so der Josef immer wenn die ersten Sonnenstrahlen sich gefestigt, fortgezogen zu ihrem Gutshof vor all den andern seine Arbeit aufnahm ... Die erst später nachkamen, sobald der Boden nicht mehr gefroren und sich bearbeiten ließ. So auch die Kinder kamen, die man ihren Eltern überließ, um von ihnen aufgezogen zu werden. Als sie größer wurden, wurden sie mitgenommen, um als Helfer der Ernte eingesetzt zu werden und um ... Mädchen für ihre Aussteuer was beizutragen. Waren es Söhne, sollten die sich für ihren eigenen Haushalt was zurücklegen. So gingen die Jahre ins Land und Joschi fand, dass seine Maria genug der Arbeit getan hatte und sie daheim bleiben sollte, um ihre Eltern zu pflegen und die kleine Landwirtschaft zu bearbeiten. In dieser Zeit, da Joschi nun allein viele Monate auf dem Gutshof verbringen musste, wurde sein bester Freund der Alkohol. Nicht dass er ein Spiegeltrinker geworden wäre, der ein gewisses Quantum an Alkohol intus haben musste, nein, man hätte ihn nur als Gelegenheitstrinker einordnen können, nicht einmal als Quartalssäufer, welche, wie der Name sagt, alle heiligen Zeiten, aber dann tagelang dieser Lust frönten. So auch er eines Tages in das Alter kam, wo er den Pferden nicht mehr Herr wurde und nach Beendigung einer Saison er seinem Dienstgeber mitteilte, dass er nächstes Jahr nicht mehr kommen würde, damit sich jener rechtzeitig um einen neuen Kutscher umschauen möchte. Doch die Sucht nach dem Alkohol verblieben ihr lange verborgen seinerseits urdenklichen Zeiten Ehefrau blieb diese Einsicht verwehrt. Denn in diesem Dorf, das zwar streng katholisch, aber der Aberglaube noch in den Köpfen tief verwurzelt beheimatet und demnach in ihren Ergüssen sich ergab. Hexen sollten ihr Unwesen treiben. Eine ausgemolkene Kuh, welche ihren rechtmäßigen Besitzern und Fütterern keine Milch mehr geben wollte, war vorher von einer Hexe ihrer Milch beraubt worden. Der Hof, der vorerst frisch mit dem Besen von all seinem Unrat befreit, ein Windstoß von einer boshaften Hexe, die mit ihrem Besen durch den Hof geflogen kam, und all der Unrat, welcher bereits auf einen Haufen zusammengekehrt wurde, wieder auf den gesamten Hof zurückkehrte. Und immer neue Geschichten durch das Dorf geisterten. So sich Josef dachte, auf eine Hexe mehr oder weniger würde es wohl nicht mehr ankommen. Als er einmal im Wirtshaus zu viel an Alkohol genossen und er im Straßengraben landete und er etwas zerfleddert nach Hause kam, am nächsten Tag seine nun schon alte Maria der Nachbarin erzählen hörte, dass ihr Mann, also war er gemeint, gestern nach Hause gekommen wäre, was sonst noch nie der Fall gewesen wäre und sie vermutete, eine Hexe wäre die Verursacherin seines erbärmlichen Zustandes gewesen. Denn wie sie sagte, hätte ihn plötzlich irgendetwas umgehauen, so dass er im Straßengraben zu liegen kam. Natürlich wusste er, dass der Rausch der Verursacher seines Sturzes in den Graben war, aber warum konnte man, sollte er wieder einmal zu viel der Droge zugesprochen haben, diese Version nicht neuerlich als Ablenkungsmanöver vorbringen, um den heiligen Herd des Seelenfriedens zu entzünden. So er wieder einmal zu viel des Bösen in sich geschüttet und im Straßengraben zu liegen kam und als er aus dem Graben kroch, er auf dem Straßenrand dicht vor ihm einen Haufen von Rossknödeln noch ziemlich frisch vorfand, er sie in die leeren Taschen seines Gehrocks füllte, denn das Geld hatte er alles versoffen. Als er mit verbeultem Hut und schmutzigem Gewande nach Hause kam, um, über die Türschwelle schwankend schreitend, von einer entsetzt ihn anstarrenden Ehefrau in Empfang genommen zu werden, er nur noch hauchen konnte: „Die Hexen", um von ihr ins Schlafzimmer geleitet zu werden, um ihn auszuziehen, wo ihr seine prallen Taschen seines Rocks auffielen und sie erkunden wollte, was so dickbäuchig darin verborgen sein sollte. So sie einen Pferdeapfel nach dem anderen aus jenen holte. Die hl. Maria in einer Ecke des Zimmers, in Gips gegossen, bemalt und einen riesigen roten Rosenkranz in den Händen, auf der Truhe stand, sich niederzuwerfen, um die Gottesmutter um Hilfe vor den nun allseits auftretenden Hexen anzuflehen.

Ein Burgenländer

So ein deutscher Bauer, dessen Bedächtigkeit und Behäbigkeit, die wohl seinem trägen Blutumlauf zuzuschreiben war, wie es Gogol den Deutschen in seinen „Toten Seelen" zugesprochen hatte, im Gegensatz zu den heißblütigen Kroaten stand, deren Blut leichtflüssig durch die Adern strömte, die allzu schnell ein Messer zogen, um auf ihren vermeintlichen Gegner einzustechen und ihn zur Strecke zu bringen. Nicht selten, dass so ein Gemetzel tödlich endete, oft auch nicht für den Angegriffenen, sondern manchmal auch für den Angreifer. So der Angegriffene sich der Attacke zu erwehren wusste, hatte er selbst ein Messer in seiner Hosentasche. Aber meistens blieb es bei der Drohung mit gezücktem Messer, so andere, die gar nicht in den Streit involviert, ihn abhielten beziehungsweise das Messer entwanden oder der andere daraufhin die Flucht ergriffen hatte. Nachdem der Angreifer sich beruhigt hatte und die anderen begütigend auf ihn einredeten, er schnell das überkochende Blut besänftigt und so der Streit nicht von nachhaltiger Natur, der Versöhnung der zwei Streithanseln nichts mehr im Wege stand und so der Streit von einem Wirtshaus ... War das der Fall wieder mit weiterem Alkohol begossen zu werden, wobei sich die zwei umarmten und versicherten, welch gute Freundschaft sie doch von jeher verband. So der Unterschied zu den Ungarn, die zwar als heißblütig verschrien, aber von einer gewissen Würde gezeichnet, waren sie doch von einem Herrentum geprägt, hatte man sie doch als Wächter angesiedelt von den übriggebliebenen Magyarenkriegen, die man 955 bei Augsburg von einem deutschen Ritterheer vernichtend geschlagen, allesamt den Status von Freibauern zugesprochen bekamen, sie auf der First ihre Giebelhäuser ein „N" in Putz geschnitten, was Nobeli hieß, also frei. Die kroatischen Dörfer, verstreut zwischen den deutschen Siedlungen, und von den Türken ausgerottet oder derart dezimiert, dass man unter ihnen kroatische Flüchtlinge ansiedelte. Nur hier in dieser zweisprachigen Gemeinde entwickelte sich die Kultur beider Völker, so in einigen Ortsteilen deutsch, in anderen kroatisch gesprochen wurde, was jedoch eine Zweisprachigkeit miteinschloss. So durch Verheiratung der beiden Völker, durch die Vermischung der eher trägen, behäbigen deutschen Bauernrasse mit der schnellen und daher heißblütigen Rasse der balkanesischen Kroaten ein neuer Menschenschlag sich entwickelte, der sich wiederum mit den rein Deutschen oder rein Kroatischen mit ungarischem Blut zu einem neuen Stamm mischte, eben zu einem Burgenländer, der so alle Gene der drei Völker in sich trägt.

Die Lenitante

Sie war eine gläubige Frau gutmütigsten Charakters und das ganze Dorf kannte sie nur unter diesem Namen. Von den Kindern wie von den Alten wurde sie so benannt und es gab kaum noch Ältere als sie im Dorf, bis sie letztendlich die Dorfälteste war, was sie jedoch nicht davon abhielt, noch mit zweiundneunzig Jahren mit dem Fahrrad in die Kirche zu fahren. Viele Anekdoten rankten sich um diese alte Frau, die jedoch im Herzen immer jung geblieben war. Bis zu ihrem Tode, wo sie sich ins Bett legte und beschloss, nun endlich, mit fünfundneunzig Jahren, diese Welt, die eigentlich nicht mehr die ihre war, zu verlassen. In jüngeren Jahren, wo es noch die Märkte in den größeren Dörfern gab, ging sie, um das von ihr Gebrauchte und was im kleinen Gemischtwarengeschäft im eigenen Dorf nicht zu bekommen war, auf ebeneinem dieser Märkte, zu erstehen. Nur meistens brachte sie etwas anderes mit nach Hause als das, weswegen sie eigentlich dorthin gegangen war. Oft für sie gänzlich Unbrauchbares, wo sie allerdings in ihrer Verwandtschaft oder unter den Nachbarn willige Abnehmer fand. Und da es ihr jedes Mal Freude bereitete, hatte sie doch von Standlern, deren Waren keinerlei Wertschätzung der Marktbesucher erfuhren, zumal es sich noch um alte, gebrechliche, schrumpelige oder sonst wie vom Leben gezeichnete Standler oder Standlerinnen handelte, Dinge erworben. Für sie gänzlich unbrauchbares Zeug wurde von ihr aus reinem Mitleid gekauft, um es dann sogleich wieder weiter zu verschenken. Zu ihren Geburtstagen beziehungsweise zu Weihnachten, das hatte sich in ihrer ganzen Verwandtschaft und Bekanntschaft herumgesprochen, schenkte man ihr Geschenkkörbe, je nach Großzügigkeit des Spenders, von kleinen Päckchen bis zu riesigen Körben, die vollgefüllt waren mit den verschiedensten Köstlichkeiten, Leckerbissen und Spirituosen, welche sie nicht einmal zu kennen brauchte, denn ihre Freude begann schon damit,, alles ihr Geschenkte weiter zu verschenken, denn erst dann war sie glücklich. Selbstredend befand sich auch manch Unwürdiger unter denen, die von ihr mit Geschenken bedacht wurde, aber das tat ihrer Freude keinen Abbruch. Ihr Mann, der, was das Verschenken betraf, von ebensolcher Freizügigkeit gegenüber seinen Mitmenschen war, lächelte fröhlich in sich hinein, wenn sie, die Leni-Tant, mal wieder etwas verschenkte, was er verdiente. So blieben sie Zeit ihres Lebens wohl eben deshalb arme Leute, obgleich ihnen an nichts mangelte. Einmal sagte ein Neffe zu ihrem Mann, der in fast ebenso hohem Alter stand wie sie selbst: „Gelt Onkel, mit dieser Frau hast Du zu nichts kommen können." Und der Onkel, der in der kleinen, aber gemütlichen Stube saß, lächelte und sagte: „Besser so, als wäre sie geizig gewesen." Und weiter vor sich hin lächelnd fand er, gab es doch in ihrer fast siebzigjährigen Ehe wegen des Verschenkens nie Streit, aber auch nicht wegen anderer Dinge, denn die Leni-Tant fand, dass man mit ihm nicht streiten konnte, denn er schien schon zu Lebzeiten über all den irdischen Dingen zu stehen. Und so werden sie wohl im Himmel weiterhin ein Paar bleiben, denn so eine glückliche Kombination zweier Menschen kann doch nur von Gott gewollt gewesen sein.

Vorstadtweiber

Wenn ich Ihnen nun, geneigte Leser, von einer Tante erzählen darf, die in frühen Jahren aus naheliegenden und auch nachvollziehbaren Gründen aus dem Dorf in die Großstadt geflohen, und just an diesem Tag sie sich ihres einzigen Neffen zu erinnern wusste, wo just an dem gleichen Tage, ein eben solcher Art von Jugendfreundin in diesem Dorf, die sie just zur gleichen Zeit zufälligerweise auf der Straße getroffen, um sich über ihr vergangenes Leben auszutauschen gewillt waren.

Eine merkwürdige, aber nichtsdestoweniger wahre Geschichte. Sie trafen sich in ihrem Dorfe, dem sie seit Ewigkeiten den Rücken gekehrt hatten, zufällig auf der Straße und zufällig hatten sie gerade in diesen Tagen ihre Heimat wieder aufgesucht. Und sie erkannten sich wieder nach längerem Nachdenken beim Vorbeigehen aneinander. Und plötzlich beide kehrtmachten, sich mit großen Augen betrachteten und beide plötzlich gleichzeitig zusammen sagten: „Bist du Angelika?" Und die andere: „Bist du wirklich Dorothea?" Sich bei ihren an getauften Namen sich zu benennen. Einst die schönsten Mädchen im gesamten Dorf, aber auch als unmoralisch verschrien, so dass die eine, der einmal ein Naheverhältnis zu einem verheirateten Mann zugeschrieben wurde, und die andere, die sich durch die Jungen bumste, in die Stadt flüchteten, aber beide in eine andere große Stadt. Wo sie zuerst bei Verwandten aufgenommen wurden, aber nachher entwickelten sie ein Eigenleben. Oh là là, war auch Schönheit in der Stadt wenig vorhanden, so sie sofort auffielen, so die eine mit dem Firmenchef, wo sie Arbeit fand, gleich was anfing, die andere sich gleich einen gut situierten Herren einfing, um ihn mit ihrer Jugend und Schönheit zu bezirzen. So nur der Anfang ihres bewegten Liebeslebens in diesen Zeilen kundgetan. Nachdem sie sich in die Arme gefallen waren, um mit Bussi Bussi ihrer Wiedersehensfreude Ausdruck zu verleihen. Die eine nämlich, Angelika, meine wirkliche Tante, hatte ihren Mann an ihrer Seite. Dorothea war jedoch derzeit männerlos, war doch ihr letzter erst vor einem Monat verblichen. Nach all den anderen, denn sie hielt es von jeher mit älteren oder gar alten Männern, so dass eine doppelte Generation in all ihren Beziehungen keine Seltenheit war. Tante Angelika jedoch entledigte sich ihrer Männer mittels Scheidung, wo sie immer die betrogene Ehefrau spielte und daher auch viel kassierte. Waren es doch Männer von Wirtschaft und hoher Kunst, so sie in der Society eingeführt und sich ihrer Schönheit, dank der Hilfe eines Schönheitsdoktors, bis ins höhere Alter gewiss war. Nur jetzt war sie, wie sie selbst sah, zum Auslaufmodell geworden, um sich einen vergammelten ungarischen Adeligen zuzulegen, den man zwar seine Güter nach der Errichtung des Kommunismus eingezogen hatte, aber er hatte einen Titel, zwar einen Titel ohne Mittel, aber er war ein echter ungarischer Graf, küsste den Damen die Hand und war auch sonst von adeligem Gemüt, indem er kaum sprach. So war er nun der Graf Ferenc von irgendwas, ich konnte diesen Namen weder aussprechen, noch mir merken, so dass sich nach Tante Angelika, die sich nun Angela nannte, doch nur als Onkel Ferenc bezeichnen möchte. Dieser Onkel Ferenc, der ein runzeliges, zerfallendes Gesicht vor sich her trug, dessen Oberfläche jedoch von einem Schnurrbart, den er wachsend und zwirbelnd die Gesamtheit der tiefen Furchen zumindest reduzieren ließ und sie somit milderte, um an der oberen Stirnseite in einen gespannten Bezug einer glättenden Glatze überzugehen. Dieser angeheiratete Onkel jedoch abwechselnd einmal die rechte Hand, dann wieder seine linke Hand bemühen musste, um zwischen Daumen und Zeigefinger die Enden des Zwirbelbartes wieder auf die richtige Höhe auszurichten. Ansonsten er mit listigen Augen, die immerfort zwinkernd die nähere Umgebung zu erkunden schienen, einmal die, dann wiederum die andere Seite in Augenschein nahm, so seine Kopfdrehung zwischen den Sprechenden sich einpendelte, auf jener länger Sprechenden seine Augen zu ruhen gedachten, um sofort beim Wortergreifen der anderen wiederum sich dieser zuzuwenden. Und das Lächeln um seine listigen Schweinsäuglein sich wiederum vertiefte. Denn was die zwei von sich gaben, seine Frau, also meine echte Tante, und ihre Ansprechpartnerin, war für ihn derart belustigend, dass sich seine Lippen manchmal schürzten, als mochten sie ein Lächeln unterdrücken. Denn meine Tante, ebenso alt, wenn nicht gar älter aussehend als besagter Onkel, deren Lippen in akrobatischer Überschlagung mit Hilfe ihrer wieseligen Zunge mitzuteilen gedachten, ihr gegenüber deren Wissensdurst jedoch immer unbefriedigt blieb, so sie zu meinen wiederum sich eine weitere Frage einzuwerfen gezwungen sah, um von ihrer einstigen Freundin, die sie nach so vielen Jahrzehnten wiedersehen konnte, alles über deren Leben zu erfahren. Und wer wohl der Mann sei, zu ihm aufblickend, da sie ihn doch nicht vorgestellt hatte. In ihren Kopf jedoch auch ihre Jugendsünden und die ihrer Jungendfreundin kamen. Einer von denen, oder gar einer, erster, zweiter oder gar schon dritter Ehemann ihr vorgestellt werden würde, es wird jedoch nach Auskunft beim Nichtausspruch derselben bleiben. So so, dachte die in sich hinein, aber den hatte sie wahrscheinlich erst in späteren Jahren geheiratet, denn dieser schien doch ein Stück jünger und sie hatte ihn sich wohl erst in späteren Zeiten eingefangen.

Denn sie hatten sich zwar Jahrzehnte lang nicht gesehen, aber so, wie im Dorfe üblich, viel voneinander gehört. Waren sie doch schon in jungen Jahren weggezogen, um nur von ihren Müttern mit dem Dorftratsch mittels Briefen versorgt zu werden. Aber die Mütter waren schon lange tot und so auch das Ende der guten wie auch der schlechten Nachrichten. Nur heute waren sie wieder einmal ins Dorf zurückgekommen. So sie sich hier in diesem Dorf wiedertrafen und natürlich jede von jeder ihr Leben auszubreiten gedachte. Natürlich konnte man das alles nicht vor ihren Männern sich erzählen, nach wie vielen Männern sie zu heiraten kamen und andere für Männerohren nicht bestimmte Tatsachen auch zu sprechen gedachten.

So vereinbarten sie ein heutiges abendliches Zusammentreffen in dem einzig verbliebenen Gasthaus, denn allzu viel hatten sie sich mitzuteilen. Der angeheiratete Onkel, wie ich so nebenbei im Laufe meines Lebens mitbekam, war das siebte oder achte Opfer meiner Stadttante, die jedoch Zeit ihres Lebens nie viel von sich hören ließ, sondern sich im Großstadtdschungel verkrochen hatte. Nur heute war sie überraschenderweise, so wie er, zu ihrem Neffen zu Besuch gekommen mit ihrem achten oder neunten Mann, der aussah wie beschrieben. Aber ich befand ihn als zwar ein wenig exaltiert, aber sonst in Ordnung. Nur hatte ich noch nie seine Stimme gehört, nicht vernommen, vermeinte wohl, dass er ohne ein Wort gesagt zu haben ich sein Räuspern hörte. Nun zu meiner Tante, die mit lang erblondeten Haaren, die sie schulterlang hinter sich hertrug, dass sie von hinten ausgesehen, da sie dazu noch schlank war, ein junges Mädchen vermutete. Von vorne jedoch die Visage einer verkrümelten Alten, mit dazu aufgespritzten Lippen, aufgemalten Lidkappen und tätowierten Augenbrauen, ließ sich wahrscheinlich bei jedem weiteren Lifting Richtung Ohren sich erweitern, um sich damit ihrem urkundlich verbürgten Alter zu entziehen beziehungsweise die Flucht nach vorne anzutreten, sie ihre jungfräulichen Zähne nach dem Wuchs der bereits ausgefallenen Milchzähne ebenmäßig und von weißem Porzellan überzogen wieder neu entstanden waren. Und hätte man den Hals, den sie wohlweislich hinter einem Seidentuch versteckt und so irgendwelchen Blicken entzog, wohl einem der Morschheit befallenen Baumstumpf zuordnen können. Mit dem bereits vom Schönheitsdoktor angehobenen Busen, hoch silikonisiert, stramm und durch ihre durchsichtige Bluse lugend, um mit ihren Nippeln noch hervorzustechen. Wäre meine Tante, die sich zu einem jungfräulichen Wesen erschnippeln ließ ... ließ, war dieser achte oder neunte Onkel, den ich übrigens als ersten in der Reihe der angeheirateten Onkel zu Gesicht bekam, zu seinem Schnurrbart und einem Bauch von extremer Fülle vor sich hertrug, so dass der Ansatz seiner Hose mit ihren zusammenhängenden Gürtel auf die unterste Seite dieses Gewölbes verlagert werden musste, während der Umfang seines Bauches, nicht umspannen vermochte, und er hätte wie Obelix mit gestreiften Hosen zwar die Läge noch unterstrichen, aber er sich in römischer Zeit wiedergefunden hätte. Dieser Onkel, der bis jetzt noch kein Wort gesprochen, jedoch nach Angabe meiner Tante von adeliger Natur, nicht Statur sei, ein Nachfahre eines berühmten ungarischen Geschlechts von denen besah ich meinen Onkel, den ich das bereits angeheiratete in mir vergraben hatte, um eines richtigen Onkel anzuerkennen. Ein wahrhaftiger Graf ... und ein ungarischer dazu. Vielleicht ja ein solcher, bei denen unsere Vorfahren noch Frondienst zu leisten hatten? Das gerade nicht, denn er stammte von der rumänischen Seite und zwischen dem derzeitigen Burgenland lag sogar noch das halbe oder ganze Ungarn, sollte er vielleicht ein siebenbürgischer Magnat im ehemals römischen Da??? gewesen sein?

So kam es jedoch, dass der adelige Onkel und die als ehemalige Dorfschönheit bekannte, aber sich jetzt im letzten Viertel ihres Niedergangs befindliche Tante sich blendend zu verstehen wussten. Denn sie schnatterte ununterbrochen Unwichtiges vor sich hin, während er sie mit sichtlichem Wohlgefallen betrachtete, trotz ihrer Quatscherei oder genau deswegen. Das sich nicht suggeriere im Stande war. Nun hatte diese Tante, deren Name ursprünglich mit Angelika in ihrem Taufbuch eingetragen war, mit Angela ihr Auskommen gefunden, klang es doch viel moderner, an die das das Land überschwemmende Apokalystik angepasst, so es auch ausgesprochen wurde. Anschela klang doch gut, nur ein Engel war sie nicht einmal, als man sie noch Angelika gerufen hatte. Und das würde sich heute den beiden, die damals vom Lande, das mit tausend Ohren ausgestattet, in die anonyme Stadt gezogen, besser geflohen waren und in gegenseitiger Beichte sich ergehen müssen, und sie würden sich im Wirtshaus in eine verschwiegene Ecke zurückziehen, um ihre beidseitigen Erlebnisse, die sie Zeit ihres Lebens nicht nur erlebt, sondern auch durchlebt hatten, sich anzuvertrauen. Denn beide würden so viel an Kerbholz auf ihren Rücken sich geladen haben, dass jede sich wohl zu hüten hatte die Geheimnisse der anderen auszuplaudern. So kam es, dass der Graf sich als mutiger Trinker erwies, Wein, Biersortimentlehre, das ich immer im Keller gehortet hatte, um mich an einem einzigen Fernsehabend von den gehorteten Flaschen zu befreien. Die meinerseits nicht nur viele Wochen getränkt hätten. Wir saßen vor einem Krimi und es war nicht ersichtlich, wen ich als Mörder einstufen konnte. Zu verworren wurden dem Inspektor die Spuren gelegt. War es der oder jener und der Kommissar die verschiedensten ihm vorgelegten Spuren zu verfolgen hatte, samt seinem Gehilfen, der, ebenso mit einem Trenchcoat bestückt, seinen breiten Hut auf seinem Quaderschädel, jedoch nur Befehlsempfänger seines Herrn, den er jedoch offensichtlich derart verehrte, dass er ihm in hündischer Ergebenheit zu Diensten stand. Um zwischendurch den Grafen zu beobachten und, sollte die vergangene Flasche bereits geleert, die ausgetrunkene aus dem Weg zu räumen und eine nächste Ersatzflasche auf den Tisch zu stellen. So der auf zwei Stunden angesetzte Film infolge der eingestreuten Werbesendungen sich über zweieinhalbstündige Dauer erstreckte und ich immer noch nicht wusste, wer der bereits von Anfang an festgelegte Mörder war und fragte ihn mit Anstand danach, was er mit einem Schulterzug abtat und das hieß wohl, er wisse es auch nicht. Aber ich ihm damit kein Wort entlocken konnte, sondern er mit einem letzten Schluck die Flasche ihres bisherigen Inhalts beraubte. Und von mir die nächste Flasche natürlich kellerkalt serviert bekam, weil jedoch dann nur mehr zwei Flaschen in der kalten, kellergehorteten Bierkiste, ich mir versagte, auch für mich eine mit hochzunehmen. Sollte er weiter in diesem Tempo Flasche um Flasche sich einzuverleiben gedenken. Und ich wollte schon aufgrund meiner gräflichen Verwandtschaft als Gastgeber im besten Lichte mich präsentieren. Währenddessen wussten sich die zwei Damen an ihr Leben zurückzuerinnern und es der anderen, natürlich in geschönter Form, darzubreiten, von all ihren Männern, die sie im wahrsten Sinne des Wortes ausgenommen hatten. Die eine durch das Erbe der Verblichenen, die andere durch

Abfindungen, durch ihre vielen Scheidungen reich geworden, so sich die eine nach Verabschiedung ihres achten Verstorbenen, so die andere noch auf der Suche war. Die eine, auf neuerlicher Suche nach einem ebenso reichen wie alten Mann, der bald das Ewige segnen sollte, und die andere, die von ihren Männern ausgestopft, über genug Geld verfügte, um sich einen exerzierten ehemaligen Sonnyboy zu leisten, der sogar einmal in einer Budapester Oper irgendeinen Helden gesungen haben soll. Aber ebenso den Titel eines Grafen auf seiner Visitenkarte verteilte, mit Opernsänger darunter. Und sie ihn auch ehelichte, um als Gräfin in ihr Dorf zurückzukehren. Nur leider entsann man sich ihrer sehr wenig, so dass es die Grafenvisitenkarte, die sie eigentlich nur an die Ältesten verteilen konnte, von diesen mehr erschreckt als erfreut entgegengenommen wurde.

So einzelne, einstmals Jugendliche, die sie vernascht, sich ihren Augen nun als alte verwuzelte Männlein darstellten und sie nicht einmal erkannten. Man altert auf dem Lande schneller, besonders wenn man die Scholle bearbeitete oder irgendeinem körperlich anstrengenden Beruf zeit seines Lebens nachgegangen war. So kam es, dass der Wirt die Sperrstunde verkündete und die zwei Damen, wie wir sie benennen wollen, nicht einmal die Hälfte ihres vergangenen Lebens sich unterbreitet hatten, so dass sie sich wiederum auf den nächsten Tag zur gleichen Zeit in diesem Gasthaus verabredeten, um auch die andere Hälfte des Lebens von der Jugendfreundin erzählt zu bekommen. Das allzu viel Erlebte verband die beiden. Und wie sich diese zwei verschiedenen Städte mit ihren Einwohnern glichen. Die Hautevolee, die Etablierten, waren doch ihre Welt, so dass am nächsten Tag wieder eine volle Kiste Bier im kühlen Keller untergestellt wurde, um sie am Abend meinem adeligen Onkel servieren zu können.

Und sollten sich die zwei Weiber, die ich mit dem Titel der Vorstadtweiber zu benennen gedachte, noch nicht alle Schandtaten, denen sie sich im Laufe ihres Lebens bedient hatten, im gegenseitigen Austausch nahegebracht haben, so ich noch eine dritte Fernsehnacht mit meinen nunmehrigen adeligen Verwandten verbringen durfte. Hoffen, dass er einmal ein Wort von sich geben würde, denn, nach Aussage meiner Tante, war er einmal ein berühmter Opernsänger gewesen. Aber er offenbar eine Summe Geld mit anderen Damen verputzt hatte. Wahrscheinlich zwar vor urtäglichen Zeiten, aber vielleicht konnte ich an der Stimmlage erkennen, ob er einen Bass oder einen Tenor geflötet hatte.

Branko und Ferdinand

Man könnte sie ja als Don Camillo und Peppone bezeichnen, den Bürgermeister eines unbedeutenden Kroaten-Dorfes im Burgenland, und dessen Pfarrherren, ein von Kroatien zugewanderter Priester namens Branko, dessen Identität schon durch den Vornamen allein gesichert war. Der jung und dynamisch und so gar nicht dem entsprach, was sich die gläubigen Kroaten, vor allem die ältere Generation, von dem Pfarrherren vorzustellen vermochten. Noch dazu von bärtigem Antlitz, lang gelockten Haaren und glühend schwarzen Augen, die, sollte man in deren Visier geraten, einen Widersacher, wie besagten Bürgermeister, schier zu erdolchen drohten. Wenn man einer der bösartigen Verleumdungen Glauben zu schenken gewillt war, konnten diese Augen sanft, allzu sanft sein, wie selbst manche seiner Schäflein zugeben mussten, sofern sie in ihrer Strahlkraft ein schönes Mädchen erfasst hatten und das so in sein Fixier geraten war, das Objekt ihrer Begierde, dass es ihnen nur langsam gelang, sie aus ihrem Fokus zu entlassen. So weit, so gut. Ferdinand, der Bürgermeister, ein auch in höheren politischen Sphären angesiedelt, als es ein Bürgermeisteramt war, wie der Großteil seiner Gemeinde katholischen Glaubens, aber gleichzeitig ein Sozialist, der mit der Kirche wenig am Hut hatte. So auch die Order, die sie von der Parteiorganisation vermittelt bekamen. Aber er sonntäglich die heilige Messe in der Pfarrkirche besuchte, welche jedoch jahrzehntelang einer schon längst fälligen Renovierung entgegensah, mit einer bisher nur von ein paar zerbrochenen Dachziegel, wo die Felder ausgebessert, die aus der morschen Dachziegelmasse feuerrot herausstachen, ihr bisheriges Zustandekommen zu erleben. In der Kirche selbst hatten Wasserflecken auf der Kuppe bereits ihren Zerstörungs-

weg nicht nur begonnen, sondern als Zeichen von abblättern-
der Farbe eines beginnenden Putzabfalls ihr Zerstörungswerk
des beginnenden Verfalls an. Die Fassade der Kirche von Schorf
überzogen, die Blechteile verrostet, so dass das Wasser durch
die Regenrinnen nicht mehr dem ihm zugewiesenen Gerinne
folgen konnte, sondern durch das Metall rostfarben den Fall-
gesetzen folgend, um folglich die Fassade mit dunkelbraunen
Schlieren zu verunstalten. Das Blech des Zwiebelturms, welcher
jahrzehntelang keine Farbe verspürt hatte, sowie das Turm-
kreuz auf diesem schienen ihrem Verfall entgegenzudämmern.
So war es kein Zufall, dass der neue Pfarrherr in seiner schwarzen Kutte, als er das erste Mal das Pfarrhaus besah, welches in
nicht viel besserem Zustand als die Kirche war, sich geschockt
über den schlimmen Zustand der Kirche mokierte, mit seinen
künstlerischen Ambitionen, ursprünglich hatte er angefangen,
Kunstgeschichte zu studieren, bevor er sich entschloss, Priester zu werden, der sein Faible für alles Schöne, für alles Ausge-
wogene, leider auch bei den Frauen, auslebte. So fiel ihm bei der
Kircheninspektion als Erstes das Altarbild auf, welches die Sied-
ler aus Kroatien mitgebracht hatten, und um diese Gospa Maria unzählige Sagen sich rankten, wie er von dem ihn begleiten-
den Messner erfuhr. Nur diese Madonna war derart alt, dass sie
schon zur Zeit der Besiedlung und Mitnahme aus ihrer alten
Heimat schon betagt gewesen sein musste. Denn er war zwar
nicht sattelfest in den vergangenen Epochen der Stile, aber er
meinte, eine wahrhaft gotische Madonna in ihr erkennen zu
können. Trotz seiner kurzen Studienzeit, welche ihm Tito an-
gedeihen ließ. Dieses gotische Abbild der Sverta Maria dunkel
war wohl nie restauriert worden, denn deutliche Spuren von
Rinnsalen aus den Augen der Madonna durchzogen das Bild,
das sich in ein Dunkel der Geschichte zurückgezogen zu haben
schien. Als der neue Priester den Messner fragte, was für eine
Bewandtnis es mit den Streifen auf dem Bild habe, sprudelte
aus dem ehrenamtlichen Messner, der diese Geschichte seines
Dorfes von seiner Großmutter erzählt bekommen hatte, nur so
heraus. Er wusste, dass die Madonna das ganze Dorf in Kroati-

en vor den Türken gewarnt hatte und denen, die an dieses Wunder geglaubt hatten, das Leben gerettet hatte. Sie weinte ununterbrochen in der kleinen Kirche ihres ehemaligen Heimatortes, denn die Türken waren noch immer dabei, das ganze Land zu verwüsten und das Zollblut einzufordern und aus den geraubten christlichen und prächtigsten Buben wurden muselmanische Türken erschnitten, im Glauben Mohammeds erzogen und Krieger einer Elitetruppe – der Janitscharen, die aus dem Kindesraub rekrutiert wurden (aus allen der unterworfenen Teilen der christlichen Völker des Balkans) –, um auch gegen ihre aufständischen Brüder zu kämpfen, denn sie hatten ihre Wurzeln verloren, wie es Ivo Andrics, Nobelpreisträger, in seinem Buch „Die Brücke über die Drna" so realistisch dargestellt hatte. Nur die, welche daran geglaubt hatten, das Land verließen und waren somit gerettet und die anderen dem Türkensturm zum Opfer fielen. Und so zogen sie mit ihrem wenigen Hab und Gut, mit Kühen und Ochsen und mit ihren eisenbeschlagenen, hölzernen Wagen nach Ungarn, wo sie von einem Magnaten Land angeboten bekamen, das die Türken entvölkert und nunmehr zu einer neuen Besiedlung bereitstand. Was sie vorfanden, waren niedergebrannte Häuser, so dass nur die Lehmmauern standen, verwildertes Land, mit Gestrüpp überzogen, im Brache liegend, auf ihre Bauern wartend. Und es waren fleißige Menschen, diese Kroaten, die hier ihre neue Heimat gefunden hatten, denn sie rodeten das Land, bauten die Häuser wieder auf, deckten die Dächer mit Stroh, das sie auf ihren Feldern ernteten, gruben den Lehm aus den Hängen, um die Mauern und die Fußböden damit zu stampfen, schlugen Holz in den ihnen zugeteilten Wäldern, um die Dachstühle daraus zu zimmern. Legten Wege und Straßen an, welche sie aus schottrigen Rieden, deren Steine jedoch mit Lehm vermischt, so dass die Kuh-Ochsen-Wagen, wenn es lange genug geregnet hatte, so sie schwer beladen, oft bis zur Deichsel versanken. Doch sie waren ein fleißiges Volk, mit vielen Kindern, so dass sie von ursprünglich 27 Familien, die einst auszogen, um eine neue Heimat in Besitz zu nehmen und deren Familiennamen erhalten blieben, zu einer großen Dorfgemeinschaft wuchsen. Um in der k.u.k.-Monarchie von den ungarischen Behörden nun der Magayrisierung unterworfen zu werden, in den Schulen nur mehr ungarisch gesprochen und geschrieben wurde, doch sie konnten weder kroatisch, noch ungarisch, noch deutsch lesen und schreiben und erst, als sie 1921 zu Österreich kamen, konnten sie wieder ihr Volkstum ausleben. Und er wusste noch eine andere Geschichte dem neuen Pfarrer zu erzählen. Die Geschichte, die ihm einstens seine Großmutter, als er noch ein kleines Kind war, erzählte. Es war im Jahr, am Tag und in der Stunde, als das Thronfolgerehepaar von einem Attentäter in Sarajevo ermordet, alle Glocken im Turm sich zusammenfanden, in infernalischem Geläute sich erhoben, um diese verruchte Tat in alle Winde zu verbreiten. Die Dorfbewohner, die sich fragten, was dieses hektische, misstönige Glockengeläute für eine Bewandtnis habe, eilten zur Kirche, um zu erfahren, wer die Seile zur Disharmonie zog. Doch die Hanfseile hingen vertaut in der Eingangspforte des Glockenturms, während die Klöppel wild schlagend das Verbrechen ins Land trugen und gleichzeitig die Menschen eine wiederum weinende Madonna vorfanden. Das sei das letzte Mal gewesen, dass man die Gospodina hätte weinen sehen, sagte der alte Messner. Sie hätte zwei große Kriege eingeläutet, die hunderten von Dorfbewohnern das Leben kosten würden. Und er bekreuzigte sich vor der Gospa, um noch einen Augenblick zu verharren und ein zweites Mal das Kreuz zu schlagen, bevor er ergriffen von dem Bilde sich abwandte, um die Kirche zu verlassen, nun einen irritierten Priester zurücklassend. Nun war wiederum der 1. Mai ins Land gezogen, der größte Feiertag aller Werktätigen in aller Welt. So sie diesen in großen Veranstaltungen feierten und die Massen vor den Vertretern der Werktätigen, bei Musik und fahnenschwingend, an ihnen marschierend vorbeizogen. Nur in diesem kleinen Kroatendorf mangels Masse sich der Bürgermeister bequemte, zumindest Gleichgesinnte um sich zu scharen und dieses Feiertags zumindest zu gedenken. Noch dazu fiel er mit einem Sonntag zusammen und der Bürgermeister hatte notgedrungen einen Wandertag ausgeschrieben, das wandernde Volk, mit roten Fähnchen in den Händen, die Internationale und frohe Wanderlieder singend, den vorgeschriebenen Weg zu begehen hatte, anstatt die Heilige Messe zu besuchen, was Branko gar nicht zu goutieren vermochte. Noch dazu der Sammelpunkt am Platz vor der Kirche vorgesehen war, hatten doch Kirche und Rathaus den gemeinsamen Platz vor ihren Pforten. Als sich dann noch vor der Heiligen Messe eine große Schar seiner Gläubigen einfand, denen ein Funktionär einer der Kirche fernstehenden Partei die roten Fähnchen in die Hand drückte, als die Kirchenglocken zu Beginn der Messe anfingen, diese einzuläuten und gleichzeitig der Wanderungsbeginn festgesetzt war, suchten die einen, die roten Fähnchen in ihren Händen, die Pforte zu Gott, die anderen machten sich auf den entgegengesetzten Weg, so dass sich der Priester plötzlich mit den roten Fahnen konfrontiert sah. Und er sah rot, denn er hatte genug unter den roten Fahnen der kommunistischen Diktatur gelitten. Und er ließ die Kirche Kirche sein, um durch das Kirchentor mit wehendem Kittel zu stürmen, um den eben sich anschickenden 1.-Mai-Marschierern, die sich nun zu vermehren begannen, die roten Fähnchen aus den Händen zu reißen, um sie ausdrücklichst in die Kirche zu verweisen. Ferdinand, der Bürgermeister, der mit den engsten Getreuen anfing, die Formation der Wandernden anzuführen, erkannte zurückblickend, dass sich die schwingenden roten Fähnchen halbiert hatten und noch dabei waren, sich weiter zu verringern. Denn die Kroaten waren ein gläubiges Volk und die Religion war ihnen wichtiger als die Partei, obwohl ihnen die Partei durch ihren Obmann viele Arbeitsplätze verschafft hatte, durch den Bürgerhäuptling. Branko, einem tanzenden Derwisch nicht unähnlich, der mit fliegender Stola dabei war, die Genossen zurück in die Kirche zu verweisen, nicht verwies, sondern trieb, wäre das richtige Wort gewesen. Sah er doch, im wahrsten Sinne rot. Rot, so rot wie die sich immer mehr verringernden Fähnchen und wutentbrannt trieb den Bürgermeister der Zorn marxistischer Ideologie durch die wohl noch dichten Reihen der hinter ihm her trottenden Gemeindebürger, um den Priester an der Stola zu packen.

Jener jedoch, um einen ganzen Kopf größer als der Bürgermeister, bezwang ihn mit seinen schwarzkugeligen Augen, so dass er noch kleiner wurde und er Stola Stola sein ließ. Als sich nun die zwei Honoratioren der kroatischen Gemeinde kampfbereit gegenüberstanden und die erste Wut verflogen und der Priester zu dem kleinwüchsigen Bürgermeister hinuntersah, sich seiner Größe, jedoch auch seiner evangelikalen und klerikalen Verpflichtung bewusst, sagte er: „Kommt zuerst zu mir in die Kirche, dann gehe ich mit euch wandern." Und der Bürgermeister darauf geschockt und ungläubig fragte: „Pfarrer, das würden Sie tun?" Und darauf der Priester: „Natürlich", und der Bürgermeister wieder darauf: „Gut, einverstanden." „Also gehen wir in die Kirche", ihn noch zu dieser Aussage veranlasste. So begannen sie, sich Richtung Kirche abzusetzen, voran der Priester und der Bürgermeister. Ihm folgend, den anderen wohl nichts anderes übrigblieb, als sich ebenso, als treue Katholiken, anzuschließen. Und Branko und Ferdinand gemeinsam durch das Kirchentor schritten, empfangen von roten Fähnchen und der Kirchenchor das Eingangslied intonierte. Und der Bürgermeister in der ersten Reihe, der, sich bekreuzigend, wusste, wo sein angestammter Platz war. Und als die zwei Ministranten die Heilige Messe einläuteten, war der Friede im Dorf wiederhergestellt. Und nach der Heiligen Messe, Branko und der Bürgermeister die Rotte der Wanderer anführten und sie beide hatten rote Fähnchen in ihren Händen, denn irgendwie war sich der Priester bewusst, dass diese Ideologie der Kirche näherlag als der gesamte Kapitalismus. Denn hatte Jesus nicht gesagt: „Was ihr einem meiner Brüder getan habt, das habt ihr mir getan." Und im Gegensatz zu Titos Diktatur, wo hier die Kirche ihre Freiheit bewahrt hatte, konnte man sich mit den roten Machthabern austauschen und auch streiten, was im kommunistischen Jugoslawien nicht nur verpönt, sondern unweigerlich in die Zelle geführt hätte. Und so sang der Priester, der übrigens bei der Wanderung auch seine Gitarre mitführte, der auch dazu ein äußerst musikalischer Mensch, tonangebend, frohe Wanderlieder mit lauter Stimme, zu Herzen gehende kroatische Hei-

matlieder. Das rote Fähnchen hatte er, da er beide Hände zum
Spielen der Gitarre benötigte, seinem Dorfvorstand anvertraut,
welcher dann, beidseitig mit roten Fähnchen bestückt, diese ins
Ohr gehenden Lieder mit Inbrunst mitsang, um bei der ersten
Labungsstelle mit dem neuen Pfarrer bei einem Sliwowitz an-
zustoßen auf ein friedliches Zusammenleben der beiden an und
für sich kontrahierenden und gegensätzlichen Ideologen.

Doch es gab noch viele Labestationen während der stunden-
langen Wanderung durch den 1. Mai. So sich die zwei zusammenfanden, auf einem hohen Niveau alkoholischen Levels, den
slawischen Bruderkuss, wie er auch in der Diaspora gebräuchlich
mit dreimaligen gegenseitigen Küssen auf die Wangen, vollzogen. Nachdem der Priester das ihm überantwortete Fähnchen
in sein Haar gesteckt, um dem Bürgermeister eine Hand zum
Glashalten freizumachen. So er zwischendurch seiner Gitarre
Lieder der slawischen Seele entlockend, in Wehmut und Vergangenheit schwelgend, mit trauriger Stimme untersungen, von
dem Bürgermeister und den Mitwanderern mitgesungen oder
bei Nichtkennen des Textes zumindest mitgesummt. Bei einem
Halt an einer der vielen Labestationen, wo er besonders tief-
greifende Lieder der kroatischen Volksmusik zum Besten gab,
so dass manch Töne der Saitenklänge die Augen wässerten, er
nach verklungenem Liede sich den ihn Umstehenden und seinen Liedern Lauschenden, durch diese Musik, wahrscheinlich
auch durch den von ihnen genossenen Alkohol in Ergriffenheit
Verharrenden, zuwandte, mit „Chivelli" das Glas erhob, um ihnen allen zuzuprosten. Nachdem er das Glas in einem Zuge geleert und hinuntergekippt hatte, streckte er dem Einschenken-
den das leere Glas hin, um eine neue Füllung einzufordern. Die
er dem ersten Glas unwillkürlich nachfolgen ließ. Er war geeicht
seit Kindesbeinen, war doch sein Vater ein Kleinbauer, der sich
dem Suff ergab. Gab es doch genug der Zwetschkenbäume um
ihre Keusche, wo darunter die Schafe grasten. Die einen, deren
Früchte sich vortrefflich zum Schnapsbrennen eigneten, die
anderen Milch und Käse lieferten und andererseits als Fleisch-
lieferanten dienten. So wurde er nach dem Vorbild des Vaters

zwar kein Säufer, denn er fand, was zu viel ist, ist zu viel. Jedoch er nie die Kraft hatte, ein angebotenes Stamperl abzulehnen. So sie nun reif mit Alkohol und Musik abgefüllt, um mit der Ansprache ihres Pfarrherrn an ihr Gewissen, gegenüber ihren Ahnen, gegenüber ihrer Kultur, erinnert zu werden. Und er sprach: „Lassen wir unsere Kirche verfallen, die Wohnung unserer Gospodina, die uns vor 500 Jahren vor den Türken errettete und deren Tränen sie noch heute sichtbar gezeichnet, und ihr nun neue Tränen aus ihren bereits leergeweinten Augen folgen könnten!"

Der Bürgermeister, ebenso ergriffen lauschend, hatte ihn doch diese alte Musik, diese weichen kroatischen Lieder, wie all die anderen in melancholische Stimmung versetzt. Obwohl er als Politiker dem Alkohol als mehr oder weniger erfreuliches Nebenprodukt seiner politischen Arbeiten ausgesetzt war. Und er sich kaum leisten konnte, dem Anbieter einen Korb zu geben.

So sie ihren Pfarrherrn, als welchen ihn die einen sahen, nun von den anderen als Kulturträger eingestuft, sich nun als Minderheit sich zu bewähren hatten. Eine von deutschen Dörfern umzingelte kroatische Siedlung, die 500 Jahre ihre Kultur und Sprache, auch während 400 Jahren ungarischer Herrschaft, erhalten konnte, mit ihrer mitgebrachten Tracht, mit ihren Tamburizza-Klängen ihrer alten Heimat verbunden blieb. So sich einer einfand, der das Nicht-Vergessen-Werden ihrer Kultur nun einforderte, um sich ihres Volkstums wieder bewusst zu werden. So sich alsbald die Kirche in jungfräulicher Erbauung wiederfand, mit neuen roten Ziegeln bedacht. Die Kirchturmkuppel in kupferne Bleche gefasst, für das Unbill der nächsten Jahrhunderte gerüstet, deren Dachrinnen aus ebensolchem Material. Das Kirchturmkreuz leuchtete gülden in die Landschaft. Die Fassade neu gestrichen, um dabei die Gesimse, Lisenen und Stuckverzierungen besonders hervorzuheben. Die Orgel, deren oft falscher Tonlage man dem Orgelspieler angelastet, nun den Messebesucher mit himmlischen Tönen verwöhnte. Die aufgemalten Fresken, die von grau-und-bunt-plastischen Leisten umziert, restauriert, um in neuer Frische zu erstrahlen. Der Altar mit seinen Figuren, deren Gold gebleicht und dessen auf Marmor getrimmte Säulen jeden Glanz verloren, nun neuem Glanz unterworfen. Nur die weinende Gospodina, dunkel aus noch dunkleren Hintergrund mit deutlich aus ihren Augen über ihre Wangen laufenden Rinnsalen, blieb von jeglicher Restaurierungskunst unbeschadet, hatte man ihr doch ein würdiges Zuhause gegeben, ihr, die inmitten aller Not mit ihren Tränen ihr Dorf von den Türken errettet hatte.

Der (Ver-) Kuppler

Es war in alter Zeit, wo die Menschen im Dorf noch in die Kirche gingen, jeden Sonn- und Feiertag, und der Pfarrer, welcher noch Pfarrherr war, all seine Schäfchen kannte und wusste, wenn er von der Kanzel Gottes Gerechtigkeit verkündete, ob eines fehlte oder eines vielleicht gar krank, so dass er es besuchen musste, denn er war ein gütiger Pfarrherr, ein guter Hirte, wie sein und aller Menschen Herr, von dessen guten Taten er predigte So kam es, dass er wiederum hoch auf der Kanzel über seinen Gläubigen stehend von der Liebe predigte, natürlich von Gottesliebe, von Gottesliebe zu allen Menschen, egal welcher Rasse sie angehören mochten, welche Hautfarbe sie trugen, ob sie arm oder reich waren. Gottesliebe war allen gewiss. Da bemerkte er, als er seine Augen gottgefällig über seine Christengemeinde schweifen ließ, ein Mädchen, das, anstatt züchtig und gottergeben zu ihm aufzuschauen, ihre Blicke verstohlen nach einem ebenso jungen Mann sendete, der ebenso, fast ohne den Kopf nach ihr zu verdrehen, mit glühenden Augen nach ihr schaute. Während er weiter predigend alle anderen Augenpaare der versammelten Gemeinde auf sich zog, konnte nur er der Blicke der zwei sich offenbar Liebenden von oben gewahr werden.

Er hatte seine Predigt, die er ganz im Sinne der Liebe verfasst hatte, abgeschlossen und stieg nun etwas verstört von seiner Kanzel. Gegen Rassen und gegen fremde Hautfarben, denen Gottes Liebe zuteilwurde, hatten seine Schäfchen sicher nichts einzuwenden, denn es gab im Dorf weder einen einer fremden Rasse noch einen anderen mit irgendeiner anderen Hautfarbe, aber es gab arm und reich in diesem Dorf. Der Unterschied war schon beträchtlichen Ausmaßes bei Feldern, Wiesen und Wäldern, bei der Anzahl von Kühen, Pferden und Schweinen und anderem Getier auf den verschiedensten Höfen unterschiedlicher Größe. Bei diesen zwei jungen Menschen, die sich anscheinend liebten, konnte der Unterschied zwischen arm und reich nicht größer sein. Denn die großen Bauern verheirateten ihre Kinder untereinander, so dass das, was die Tochter als Erbgut mitbekam, der Sohn wieder von der Tochter eines ebenso großen Bauern ins Haus brachte, die Größe der Wirtschaften eine konstante Größe erfuhr und das seit Generationen. Die Armen, nun die brachten nichts mit in die Ehe, wenn sie sich untereinander verheirateten. Dem Pfarrer, dem diese Gepflogenheit schon lange ein Dorn im Auge, beschloss, Schicksal zu spielen und dem Treiben der Reichen, die um nichts mehr wert als die Armen waren, so sie von gottgefälliger Natur. Es gab manche Braut aus reichem Hause, die mit einem ebenso reichen Bräutigam verheiratet wurde und vor dem Traualtar vor lauter Weinen kaum das Ja herausbrachte, weil sie eben einen armen Landarbeiter oder Handwerker oder Holzknecht liebte, und wie trotzig von manchem Bräutigam das Ja kam, seine Eltern mit vernichtendem Blick betrachtend, denn er liebte eine Maid, die nicht aus reichem Bauernstande kam. Ihn wunderte nur, dass die Ehen trotzdem so recht und schlecht hielten und die Paare Kinder gezeugt hatten und sie wiederum verheirateten und das gleiche Unglück über ihre Kinder brachten, das ihnen einst angetan wurde. So wurde er, der Gottes Wort von der Liebe predigte, über alle Rassen und sozialen Unterschiede hinweg, zum Vollzieher der göttlichen Botschaft. So war es weiter nicht verwunderlich, dass er zuerst die Maid zu sich bestellte, sich zuerst über Belanglosigkeiten mit ihr unterhielt, dann aber schnell zur Sache kam, um in das Gespräch hinein plötzlich zu fragen: „Liebst du Andreas?" So hieß nämlich ihre große Liebe.

Das Mädchen, das zuerst purpurrot errötete, mit gesenktem Blick den Priester nicht anzuschauen getraute und nun erst den Grund erfuhr für des Pfarrers Einladung, doch ins Pfarrhaus zu kommen. Des Pfarrers zweite Frage, da sie die erste kopfnickend beantwortet hatte, sah sie sich gezwungen, kopfschüttelnd zu beantworten, sie lautete: „Wissen es deine Eltern?"

Hochwürden kniff die Lippen zusammen. Das hatte er sich wohl gedacht. Diese reichen Bauernschädel. Sollten sie doch einmal zurückdenken, wie sie verkuppelt wurden, aber jetzt taten sie ihren Kindern an, was man ihnen selbst angetan hatte, vielleicht aus Rache oder aus den wohl jetzt erst erkannten wirtschaftliche Gründen. Während das Mädchen nun still vor sich hin weinte, der Pfarrherr in der Pfarrstube nachdenklich, immer wieder sein Kinn reibend, von einer Ecke zur andern wanderte, blieb er plötzlich vor dem Häufchen Elend stehen.

„Geh und sag es ihnen! Ich meine, deinen Eltern."

Das Mädchen schluchzte weidwund auf, zu groß war die Angst vor dem strengen Vater, der zwar insgeheim alle Armen verachtete, aber sich nach außen hin jenen gegenüber tolerant zu geben verstand. Dann holte er Andreas zu sich, jener, ein armer Handwerksbursche, welcher in der Dorfschmiede sein Handwerk erlernt hatte und als fleißig und zuverlässig bekannt, stand armselig vor dem zwar wegen seiner Güte geschätzten, aber auch gefürchteten Pfarrherrn, wenn er die Hölle so treffend beschrieb, dass manch Pfarrkind in seinen Eingeweiden schon das lodernde Feuer verspürte, welches ihn wegen seiner lässlichen Sünden, mehr hatte sich keiner von ihnen aufgebürdet, schon zu verbrennen drohte.

„Liebst du Martha?", fragte ihn der Priester, als er abends nach getaner Arbeit bei ihm vorbeikam. Außerdem war es Sonnabend. Andreas nickte seufzend.

„Du liebst sie also!", fortfahrend und feststellend.

„Ja!"

„Und was sagt deine Mutter dazu?" Seinen Vater hatte er nämlich nie gekannt, der starb schon vor seiner Geburt, die Mutter mit zwei Kindern und einem Ungeborenen hinterlassend. Andreas zuckte mit den Schultern. Das konnte dies und jenes heißen. Hochwürden sah ihn mit traurigem Blick an.

„Du gehst jetzt zu Marthas Eltern und hältst um ihre Hand an!"

Andreas wurde um einen Kopf kleiner, während er hauchte: „Marthas Eltern?"

„Ja genau, das hab ich gesagt!", der Pfarrer darauf, während er ihn durchdringend ansah. Was so ein Kraftprotz von einem Mann für ein schlotternder Wicht werden konnte. Mit eiserner Hand er die Pferde beschlug, mochten sie noch so störrisch sein, er ihnen die Hufe schnitt und die Hufeisen auf sie nagelte. Andreas hatte die Augen gesenkt, so schockiert hatte ihn die Aufforderung seines Pfarrherrn.

„Geh!", sagte der Beichtvater. „Du weißt ...!", das andere ließ er offen. Schließlich gab es das Beichtgeheimnis und er hatte ihn mit zwanzig Vaterunser und zwanzig Gegrüßt seist du Marie und fünfmal das Glaubensbekenntnis beten aus dem Beichtstuhl geschickt, um Sühne zu tun und Gott wieder mit ihm zu versöhnen. Als das „Du weißt!" den Mund des Beichtvaters verließ, wurde Andreas noch ein Stück kleiner, was der Beichtvater zu der schier gotteslästerlichen Frage veranlasste, kopfschüttelnd zu sagen: „Ist dir ihre Ehre gar nichts wert?"

Andreas nickte heftig mit dem Kopf, wobei aus seinen weißen Augenäpfeln, im noch vom Ruß der Schmiede gezeichneten Gesicht, ein zu allem entschlossenes Leuchten brach.

„Geh nach Hause, wasch dich, zieh deinen schönsten Anzug an und geh dann zu ihnen!", sagte der Pfarrer, bevor er ihn entließ. Und Andreas ging, wobei sein Schritt, je näher er dem Hof von Marthas Eltern kam, immer kürzer wurde. Endlich hatte er das Hoftor erreicht. Ein bellender Hund dahinter ließ ihn nur zögernd die Klinke drücken und das Tor öffnen, um vom Hund umschwänzelt empfangen zu werden. Der Hund kannte ihn und wollte freudig begrüßend vor ihm herlaufend ihn zur Tür geleiten, als schien er sich der Wichtigkeit seines Besuches gewahr zu sein. Die ganze Familie saß gerade beim Abendbrot, als er anklopfend eintrat und überraschte Gesichter zu ihm aufschauten

Der Bauer, der gerade einen Löffel zum Munde führte, sah ihn stirnrunzelnd und nicht gerade freundlich an, hatte man ihm doch schon die Gerüchte zugetragen, doch Martha hatte sie allesamt in Abrede gestellt. Er legte den Löffel in Vorahnung des nun Kommenden weg, stand auf, machte eine einladende Geste mit der Hand, welche jedoch nicht nur unfreundlich wirkte, denn sie war es auch. Er schritt voran in die Wohnstube, wo sie eine Stunde lang verblieben, eine vor Angst zitternde Martha hinterlassend. Nach dieser Stunde schlich Andreas verstört durch die Türe hinaus, welche ihm der Großbauer geöffnet hatte, ohne die, welche noch am Tisch saßen, anzublicken, um wiederum von dem Hund umschwänzelt zu werden, der ihn bis zum Hoftor begleitete. Schnurstracks führte ihn sein Weg zu seinem Pfarrer. Betrübt läutete er die Glocke, welche bimmelnd verkündete, dass jemand eingelassen werden wollte und ihn Brevier betend in seiner Pfarrkanzlei vorfand. Als sein Pfarrherr ihn einließ, sah er einen gebrochenen, gebückten, vorzeitig gealterten Andreas durch die Türe kommen. Besorgt sah er ihn an.

„Was ist?", und Andreas erzählte ihm eine schier unglaubliche Geschichte. Zuerst wollte es nicht herauskommen, Andreas fehlten die Worte, so dass er einige Male den Mund öffnete, um zu sprechen.

„Nun?", sagte der Priester. „Nur ganz ruhig! Wir sind hier allein. Die Köchin schläft schon."

Und er schenkte ihm einen Schnaps ein, einen Slibowitz, den ihm ein Pfarrkind verehrt hatte, schenkte sich selbst auch ein Glas ein und sagte: „Prost!"

Beide kippten den Schnaps in einem Zug hinunter.

„Noch einen?"

Da Andreas nickte, beeilte der Pfarrer sich, um ihm und sich selbst noch einen vollzuschenken. Wortlos kippten sie die vollgefüllten Gläser hinunter.

„Ah!", sagte Andreas. „Das tat gut!"

Nach einer Weile, als der Geruch des Zwetschkenschnapses noch auf seiner Zunge lag, fing er an zu sprechen.

„Als ich in die Stube kam, saßen die Bauersleute samt ihrem Gesinde gerade beim Abendessen. Und wie ich so, wie ich meine, unverhofft und unangemeldet und – wie ich meine – auch unerwünscht in die Stube trat, stand der Bauer, Marthas Vater, sofort auf und er bugsierte mich in die Wohnstube, deutete auf einen Sessel, dass ich mich setzen sollte. Bevor ich um die Hand seiner Tochter anhalten konnte und schon den Mund öffnete, um das Sprüchlein, das ich mir zurechtgelegt hatte, aufzusagen, schnitt er mir mit einer energischen Handbewegung das Wort ab und zischte mich an: „Sei still!"

Andreas hob das leere Glas seinem Pfarrherrn entgegen. Jener füllte das Glas, ohne sich jedoch selbst eines einzuschenken und Andreas kippte wieder das Glas in einem Zug hinunter.

„Ja", hauchte er, den Alkoholdunst aus seinem Mund stoßend, denn Andreas war ein Nicht-Trinker, als Nicht-Trinker bekannt. Und da er keine Anstalten traf weiterzusprechen, sah sich der Pfarrer gefordert nachzufragen: „Was weiter?"

„Nun sagte er mir, in nicht freundlichem Ton, dass Martha bereits versprochen gewesen sei, aber da jetzt alle Welt von Martha und mir wusste, der andere Bauer beziehungsweise dessen Eltern ihre Abmachung für null und nichtig ansahen und diese schöne Wirtschaft, in welche er sie zu verheiraten gedachte, nicht mehr in Frage käme und ich wäre an dem Unglück von Martha, nicht nur von deren, sondern der ganzen Familie schuld. Ich, ein Niemand, ein Vaterloser noch dazu, der das Schmiedehandwerk erlernt, den er aber offenbar als ehrbaren Beruf ansah. Schließlich beschlage ich schon jahrelang seine Pferde. Aber er machte die Geste des Geldzählens, das er abrupt unterbrach, um die Hand zu öffnen und zu sagen: ‚Nichts, nichts! Und in so eine schöne Wirtschaft hätte sie einheiraten können.'

Plötzlich sagte er unvermittelt: ‚Also es ist doch etwas Wahres an der Geschichte!', um dann grimmig vor sich hinzusagen: ‚Meine Tochter ist ein Luder. Kein anständiger Sohn einer anständigen Bauernfamilie wird sie mehr heiraten wollen und das gehört bestraft! Soll sie ihr Leben als alte Jungfrau verbringen müssen!', und er machte mir den Vorschlag, dass ich zwar mit ihr vor den Traualtar treten könne, aber ich müsse, wenn mich der Pfarrer fragt, ob ich seine Tochter zur Frau nehmen wolle, mit Nein antworten. Das war seine Rache an seiner Tochter, dafür, dass sie sich mit einem Nichtsnutz eingelassen hat und er bot mir dafür viel, viel Geld, das ich mir kaum in jahrelanger Arbeit würde ersparen können."

Hier unterbrach er sich, um grimmig vor sich hinzuschauen.

„Na ja, um wie viel an Geld geht es?", fragte ihn der Pfarrer.

„Um tausend Gulden."

Als er „tausend Gulden" sagte, musste sogar der Priester schlucken.

„Du wirst es machen!", sagte er plötzlich.

„Ich soll Martha wegen des Geldes verraten? Nein, und tausendmal Nein!"

„Und wo ist das Geld, das Versprochene? Denn wenn du Nein sagst, sagt das noch lange nicht aus, dass er es dir auch gibt und wenn du Nein gesagt hast, dann ist die Rache bereits vollzogen!"

„Ich weiß nicht. Er meinte, er würde es auf der Bank hinterlegen!"

„Das ist gut so! Das ist gut so!", darauf der Priester.

„Nichts ist gut! Für alles Geld der Welt würde ich meiner Martha das nicht antun!"

„Doch, doch!" Nun lächelte der Priester und es war nicht das Lächeln eines Priesters. Man hätte es als hinterfotzig oder hinterhältig bezeichnen können, ein hinterlistiges Zurschaustellen einer verruchten Tat.

Andreas sagte: „Ja!"

„Kannst du deinem Beichtvater vertrauen?"

Andreas bejahte und so wurde der Hochzeitstermin festgesetzt ohne großartige Vorbereitungen, wie es sonst auf Bauernhochzeiten üblich ist. Man lud keine Gäste ein. Der Bauer wusste es, es gab kein Fest, gar keine Hochzeit, nur eine gedemütigte Tochter, deren Ungehorsam nun bestraft, und sich kein weiterer Freier um sie bewerben würde, dank der angetanen Schmach. So standen beide vor dem Traualtar, nur ein paar Hochzeitsgäste, aber fast die gesamte Dorfgemeinde hatte sich in der Kirche versammelt, um eine für sie undenkbare Hochzeit mitzuerleben, wo die Tochter eines der reichsten Bauern einen armen Schlucker zum Manne nahm.

Der Priester, dem zwei Ministranten zur Seite standen, aus dem Buche Gottes las und zuerst Martha aufforderte, die für jedes Paar denkwürdigen Worte nachzusprechen, ihn zu lieben, in guten wie in schlechten Tagen, in Krankheit und allerlei Widrigkeiten: „Willst du Andreas zu deinem Manne nehmen?"

„Ja!", sagte sie mit fester Stimme.

Er richtete weiter das Wort an den Bräutigam: „Und Andreas, hast du was dagegen?", wobei jener wahrheitsgetreu darauf sagen musste: „Nein, ich habe nichts dagegen!"

Und der Priester verband sie mit der Stola zu Mann und Frau, um zu sagen: „Was Gott der Herr zusammengefügt hat, das soll der Mensch nicht scheiden!"

Was weiter zu dieser nicht alltäglichen Hochzeit gesagt werden musste: Martha zog in die Keusche zu Andreas' Mutter und alsbald der alte Dorfschmied infolge Krankheit seine Werkstatt seinem tüchtigsten Gesellen, nämlich Andreas, übergab und jener, Pferde beschlagend einschließlich derer von ihnen gezogenen Wagen, konnte selbst bald ein neues Haus für seine neue Familie bauen, wobei ihm auch das Geld des Schwiegervaters, das er auf der Bank gehortet hatte, zugutekam. Als der Großbauer sah, wie tüchtig sich sein Schwiegersohn entwickelte, denn er wurde als Schmiedemeister in die Zunft aufgenommen, versöhnte er sich mit ihm und seiner Tochter, die ihm mittlerweile drei prächtige Enkelkinder geboren hatte.

Der Schwammerlsucher

Es gab im Dorf zwei sich nicht wohl gesonnene Nachbarn, von denen der eine erst kürzlich zugezogen war. Der alteingesessene Dörfler war ebenso wie seine Frau von streitbarem Wesen und sie blicken neidvoll auf das Nachbarhaus, welches soeben von den neu Zugezogenen mit viel Akribie und wohl auch viel Geld renoviert worden war. Besonders die zwei Frauen waren sich spinnefeind, gab es doch während des Umbaus immer wieder Reibereien zwischen den beiden. Manchmal allerdings auch zwischen den Männern. Der Sommer war trocken und heiß, es fiel kein nennenswerter Regen. Und jedes Mal, wenn der Himmel einige Tropfen Wasser entließ, begab sich der neue Bewohner, welcher, wie sein Nachbar, schon in Pension war, mit einem großen Korb auf Schwammerlsuche, um danach jedes Mal mit einem leeren Korb heimzukehren. Der neue Bewohner jedoch, ansonsten eigentlich ein humorvoller Mensch, der Zeit seines Lebens allerlei Späße und Schabernack mit seinen Mitmenschen getrieben hatte, ohne seinem auserwählten Ziel seiner Schabernack-Begierde je zu schaden, ging eines Tages mit einem leeren Korb, dessen Boden nur mit einer alten Zeitung ausgelegt war, außer Haus, um offensichtlich auf Schwammerlsuche zu gehen. Hinter verschlossenen Jalousien, von der Nachbarin schadenfroh belächelt, war doch ihr Mann erst von seiner Schwammerlsuche erfolglos heimgekehrt und er kannte alle Schwammerlplätze aus langjähriger Erfahrung. Und ihr Gegrinse wurde diabolisch, als sie ihren Mann rief und sie schauten dem vermeintlichen Schwammerlsucher nach, bis er im Wald entschwunden war. Und sie zeigten den Stinkefinger, welcher dezidiert auf den Nachbarn gemünzt war. Sie jedoch konnte sich nicht verkneifen, sich über die Wölbung des Bauches auszulassen, welchen der unliebsame Nachbar vor sich hertrug, um gleich anschließend wohlgefällig den Waschbrettbauch ihres Mannes zu betrachten. Den hatte er nur ihr zu verdanken, denn was gegessen wurde, bestimmte nur sie. Abwechselnd standen sie hinter der nur leicht geöffneten Jalousie, der Rückkehr des Schwammerlsuchers harrend, um sich dann über den Tölpel zu zerkugeln. Jener jedoch ging ein Stück in den Wald hinein, öffnete sein Hemd und ließ eine ganze Reihe von wunderschönen Herrenpilzen, jedoch nur aus Styropor geformt, auf den Boden gleiten. Er hatte sie in weiser Voraussicht seines bisher nur angedachten Schabernacks in einem Laden für Geschäftsdekoration in der Stadt erstanden. Er nahm die Zeitung aus dem Korb, zerknüllte das Papier, um den Korb damit fast zur Gänze zu füllen, dann legte er die Styroporpilze in den Korb, so dass dieser mehr als randvoll mit den Pilzen gefüllt erschien. Mit dem Rest des zerknüllten Papiers stopfte er wiederum sein Hemd aus, so dass sein Bauch die gleiche Wölbung aufwies wie zuvor, eben mit diesen Styroporschwammerl gefüllte, ehe er zum vermeintlichen Schwammerlsuchen ging. Er setzte sich auf den kühlen, trockenen Waldboden, denn der gestrige Regen war nicht bis zum Boden durchgedrungen, zu durstig waren die Blätter und Nadeln der Bäume, sie hatten den Regenschauer absorbiert. Eine gewisse Zeit würde er schon brauchen, um so eine Menge an wunderschönen Herrenpilzen zu finden, um den Korb damit füllen zu können, noch dazu in einem staubtrockenen Wald. Und so begab er sich nach Stunden wieder gemächlich aus dem Wald, trug einen schweren Korb in seiner Hand, so dass er sogar seinen Schwerpunkt aufgrund des Gewichts der Schwammerln verlagern musste. „Hans, Hans", rief aufgeregt die hinter der halboffenen Jalousie harrende beste Ehefrau von allen, „Hans, Hans, er kommt." Doch irgendwie erschien er nicht wie erwartet mit leerem Korb, im Gegenteil, er schien eher etwas Schweres zu tragen, denn er wechselte öfters die tragende Hand, als würde der Inhalt des Korbes eine einzige Hand überfordern. Und der erfolgreiche Schwammerlsucher ging am Haus des durch die nur leicht geöffneten Jalousien glotzenden Ehepaares vorbei, betont langsam, so dass sie nur ja sehen konnten, was zur Zeit im Wald wuchs und was für einen Schatz an Pilzen er nach Hause trug, bis er endlich hinter seiner Gartentür verschwand, bereits von seiner Frau erwartet, die lauthals vor lauter Häme auflachte. Man konnte die Glückseligkeit erahnen, der sie anheimgefallen war. „Karl, Karl", sie lief zu ihrem Mann. „Du bist der Größte, so herrliche und so viele Pilze." Sie sagte es so laut, so dass die, die wohl konsterniert und am Boden zerstört waren, es gut hören und verstehen konnten. Und jetzt lauschte der erfolgreiche Schwammerlsucher samt Frau dem Geschrei und Geschimpfe, das die Nachbarsfrau über den ihr Angetrauten ausgoss. Es war von schändlichster und widerlichster Natur, denn nahe, sehr nahe standen die beiden Häuser beieinander. Sie beschimpfte ihren Mann rundheraus als einen Versager, welcher wohl bereits einen Blindenhund bräuchte, und das war noch ziemlich das Geringste, womit sie ihren Mann mit spitzer Zunge beschimpfte. Sie verdächtigte ihn sogar, wenn er ohne Schwammerl aus dem Wald heimkehrte, gar nicht in diesem gewesen zu sein, sondern im Wirtshaus. Ab jetzt würde sie in aller Zukunft in den Wald mitgehen, um ihn, den Blindgänger, nicht mehr allein loszuschicken. Nun standen die neu Hinzugezogenen hinter ihren halb geöffneten Jalousien und tatsächlich verließen kurz darauf Herr Nachbar und Frau Nachbarin mit zwei großen, geflochtenen Körben ihr Haus, um sich in den Wald zu begeben, von schadenfrohen Blicken verfolgt.

Der lackierte Fußboden

„Jetzt ist es erst elf Uhr, Du hast wohl Angst vor Deiner Alten", sagte der alte Bäcker, der schon zur damaligen Zeit, als er selbst noch gearbeitet hatte, dem Wein fleißig zugesprochen, so dass er nicht allzu oft noch rechtzeitig vom Wirtshaus heimgekommen war, um den Ofen einzuheizen, was dann immer seine Frau besorgen musste. Jetzt war er in Pension und so fand er, dass er zuhause wenig verloren hätte und saß nun den dritten Tag hintereinander wieder einmal im Wirtshaus. Heute waren tagsüber wenige Leute hier, gegen Abend gar niemand, bis dann erst viel später der Tischlermeister Sagerer gekommen war, der aber bald darauf schon wieder Anstalten getroffen hatte, zu gehen. Und wohl oder übel musste auch er gleichzeitig mit dem Tischlermeister nach Hause gehen, denn der Wirt würde ihn ansonsten wohl an die frische Luft setzen. Außerdem wollte er nicht noch eine zusätzliche Nacht auf einer harten Wirtshausbank schlafend verbringen.

„Nun, ein ehrlicher Handwerker ist noch nie so schnell gegangen", moserte der Alte. Der Tischler war ein etwas verschrobener Geselle, von dem zwar Gesellen und Lehrlinge selten ein Lob, dafür aber umso mehr Rügen bekamen, der aber allgemein als ausgezeichneter Handwerker galt. Er warf den Hut, den er schon in der Hand hielt, nochmals an den Haken und brummte dabei mehr zu sich selbst als zum Alten: „Der Lapp soll warten."

„Recht so, recht so", ereiferte sich der Alte. „Meine Alte redet nix mit mir, wenn ich ins Wirtshaus gehe und wenn ich drei Tage später nach Hause komme, redet sie auch nichts mit mir, also", fuhr der zahnlose Alte fort, „gehe ich heim, wann ich will, weil's eh wurscht is."

„Aber na", winkte der Tischler ab, „es ist ja nicht wegen meiner Alten, Du weißt ja, dass ich, wann immer ich einen Fußboden verlege, ihn meistens auch streiche."

„Streichen willst Du jetzt gehen?", forschte der nicht mehr ganz nüchterne Alte.

„Aber na", sagte der Tischler mit einem Anflug von Ärger in seiner Stimme, „ich hab einen neuen Burschen aufgenommen, den hab ich in die Mühle geschickt, dort haben wir beim Müllner ein Schlafzimmer verlegt und der Neue hat es heute gestrichen." Während der Tischler einen tiefen Zug aus seinem Glas tat, nutzte der Alte die Gelegenheit, um „Bei Gott, der wird wohl jetzt nicht mehr streichen" einzuwerfen.

„Aber na", ärgerte sich der Tischler, „um sechs Uhr ist er schon fertig gewesen."

„Um sechs Uhr", wunderte sich der Alte, der in seinem Dusel ohnehin schon extrem begriffsstutzig war, ihm war lediglich wichtig, dass er einen Zechkumpan hatte.

„Ich muss nochmals hin", murmelte vor Zorn bebend der Tischer. „Der Lapp hat bei der Tür zu streichen begonnen, so dass er nur mehr beim Fenster hätte hinauskönnen, weil ihm ja der Lack die Socken ausgezogen hätte und die ganze Lackierung wäre beim Teufel gewesen." „Na, wenn er eh beim Fenster hat hinauskönnen", fiel ihm der red- und weinselige Bäcker ins Wort.

„Aber na", tobte jetzt der Sagerer, so dass nun auch der Wirt, welcher bis dahin an einem der Tische dahingedöst hatte, aufgeschreckt war.

„Die Tür hab ich abgesperrt, weil er gesagt hat, er hätte heute noch was vor und zum Schluss treibt ihn die Sehnsucht. Ich glaub nämlich, er hat sich schon eine ang'lacht, von der Fensterbank, auf der er hockt, übern frisch lackierten Boden direkt dem Madl in die Händ. Das hab ich ihm versalzen."

„Ja, was tut denn der auf der Fensterbank oben, ist ja reichlich unbequem", faselte der Alte.

„Nun, die Wohnung liegt im ersten Stock und wo die Fenster hingehen, da geht unten ein Bach vorbei. Und die Feuerwehr will ich nicht holen müssen, muss er halt warten."

„Warten müssen?", fragte jetzt der Wirt. „Auf was?"

„Nun", sagte der Tischlermeister Sagerer, trank sein Glas aus, stülpte den Hut auf seinen kahlen Schädel, „gewöhnlich braucht er fünf Stund."

„Wer?", fragten beide wie aus einem Mund.

„Der Lack zum Trocknen."

Des Wirtes Gesicht

Ernö, so hieß der Besitzer des größten und renommiertesten Gasthauses von Stegersbach. Ein allzeit bleicher, kleinwüchsiger Mann, mit haarlosen Kopf und ebenso haarlosen Augenbrauen. Er hatte einen neuen Kellnerlehrling aufgenommen. Jener jedoch, ein allzeit allzu fleißiger Bauernjunge aus dem unteren Pinkatal, wo Fuchs und Hase sich noch gute Nacht zu sagen pflegen. Der Junge, noch von zuhause aus gewohnt, dass Arbeit alles im Leben eines Menschen sei und diese ihn überhaupt erst zum Menschen mache und dass man dem Herrn den Tag nicht durch Müßiggang stehlen solle, außer, es wäre Sonntag, wie es vom Herrn Pfarrer und Moses mit einem seiner zehn Gebote eingefordert. So war es dieser an Arbeit gewohnte und jede Anordnung seines Lehrherrn befolgende junge Mann, der die Gaststätte fegte und den Boden wusch und wo sich kein voller, auch kein halb voller Aschenbecher auf dem Tisch befand. Die Fenster waren permanent geputzt, die Gläser blitzblank gespült und er war äußerst freundlich bei der Bedienung. Mit seinem Tablett hin und her hastend zwischen der Theke, hinter der sein Lehrherr Bier, Wein oder sonstige alkoholische oder antialkoholische Getränke einschenkte, und den Tischen, an denen die Gäste platziert waren, um sie bestens zu bedienen. Ein blitzsauberes weißes Tuch, vom Lehrherrn verordnet, hatte er über den linken Arm gehängt. Jedoch ging es in diesem Bauerndorf nur abends in der Wirtsstube hoch her – waren die Bauern doch tagsüber auf den Feldern beschäftigt. Meist jedoch kamen sie auch morgens hin und wieder auf einen kleinen Schnaps in das Wirtshaus. Abends jedoch, nach des Tages Müh und Plag, flossen die Krügel literweise in ihre von der Hitze des Tages ausgedörrte Kehle. So war tagsüber sehr wenig los, höchstens dass

der Briefträger auf ein Glas Bier kam, hin und wieder der Dorf-
gendarm oder zwischendurch ein durstiger Handwerker, um
sich an einem eisgekühlten Bier zu laben, denn Kühl- oder Eis-
schränke gab es zur damaligen Zeit noch nicht. Und der Junge,
der gewohnt war, immer zu arbeiten, empfand das als Müßiggang, wenn er sinn- und nutzlos in der Gaststube herumstand,
so dass er wohl schon zum x-ten Male die Fensterscheiben blitzblank geputzt, den Boden gewischt und die kaum genutzten
Aschenbecher geleert hatte, die Gläser perfekt gespült und vielen Kleinkram mehr, was allerdings alles auch gemacht werden
musste. Nun wollte er weitere Arbeit von seinem Lehrherrn an-
geschafft bekommen. Da kein einziger Gast in der Wirtsstube war, um den er sich zu kümmern hatte, denn mittlerweile
konnte er das Bier im klassischen Stil mit der korrekten Haube
obenauf einschenken, kannte den Unterschied zwischen Som-
mer- und Winterspritzer, was Barac und Slibowitz waren, kannte den Unterschied zwischen Birnen- und Apfelschnaps ... wie
gesagt, er war ein Lehrling, nach dem sich wohl jeder Lehrherr
alle zehn Finger abschlecken würde. Ernö, der Wirt, saß Zeitung
lesend – was er immer tat, wenn kein Gast anwesend war – da.
Ansonsten, da er ein neugieriger Zeitgenosse war, unterhielt er
sich gerne mit den Gästen und gab zudem gerne Neuigkeiten
weiter, die ihm ein vorangegangener Gast mitgeteilt hatte. Als
nun besagter Lehrling bei dem sich durch die Zeitung weiter-
bildenden Ernö um weitere Arbeit vorstellig wurde, kam eine
unwirsche Antwort, denn wenn er seine Zeitung las, dann las
er und mochte die Welt den Bach runtergehen. Zumindest so
lange, bis er wieder einen Artikel zu Ende gelesen hatte. Und so
kam es zu besagter Antwort: „Halte Deinen Arsch zum Fenster
hinaus." Der Lehrling stand noch eine Weile vor dem weiterhin
Zeitung lesenden Wirtshäusler, sich nicht sicher seiend, ob er
wohl richtig gehört habe. Nun, da nichts weiter hinter der Zeitung zum Vorschein kam, besann er sich der Aufforderung, um
nachzufragen. „Bei welchem, Herr Chef?" Dieser, über die Töl-
pelhaftigkeit seines Lehrlings erbost, sagte noch hinter dem
Deckmantel des großes Zeitungsblattes: „Such Dir eines aus!"

„Jawohl, Herr und Meister", darauf der angehende Kellner. Und er suchte sich eines aus, jedoch eines, welches nicht der Hauptstraße zugewandt war, sondern in eine Nebengasse. Ihm war nicht ganz wohl in seiner Haut, aber Befehl war Befehl. Und er war schon zuhause ein folgsamer Junge gewesen, welcher widerspruchslos alle Arbeiten, die an ihn herangetragen wurden, erledigte. Umständlich ließ er die Hose hinunter, kniete sich vornüber an das Fensterbrett, beziehungsweise so, dass er seinen Hintern hinauszeigen konnte. Als er seinen Blick etwas seitwärts drehte, sah er eine alte Frau vorübergehen. Und sie grüßte. Als der Chef nun schier die Zeitung auswendig gelernt hatte und sie weglegte, diesen Einfaltspinsel hockend am Fensterbrett sah, sich zugleich aber auch seiner Aufforderung bewusst wurde, scheuchte er ihn sofort vom Fensterbrett herab. Als jener nun wieder seine Hosen korrekt installiert hatte und der Gastwirt, besorgt um den Ruf seines Gasthauses, ihn fragte: „Hat Dich jemand gesehen?" Worauf er antwortete: „Ja, eine alte Frau ging vorbei." Der Gastwirt wurde noch bleicher, als er es ohnehin schon war, und fragte zerknittert: „Und, hat sie etwas gesagt?"

„Na ja, guten Tag, Herr Ernö, hat sie gesagt."

„Guten Tag, Herr Ernö, hat sie gesagt", wiederholte unwirsch der Wirt, mit ungläubigem Staunen in der Stimme, um für sich selbst das soeben Gehörte nochmals tonlos Revue passieren zu lassen. „Guten Tag, Herr Ernö ..." Er fuhr sich mit der Hand über den Kopf, rief sich den Arsch des Jungen in Erinnerung und versuchte, keine diesbezügliche Ähnlichkeit festzustellen.

Der Schulverweigerer

Mit der vierten Volksschulklasse hatte er sein achtjähriges Schulpensum erfüllt und hätte er die acht Klassen der Pflichtschule noch nicht hinter sich gebracht, hätte er diese Klasse nochmals wiederholen müssen. Aber so wurde er eben aus der vierten Volksschulklasse in das Leben entlassen. Untauglich gestempelt fürs weitere Leben. Mitnichten. Er besaß nämlich im Unterschied zu den Vorzugsschüler etwas, was diese Typen allesamt nicht in sich hatten, nämlich eine Portion Bauernschläue. Außerdem erkannte er die Vögel schon an ihrem Gesang und Gezwitscher, die Waldtiere an ihren Spuren, die sie hinterließen, und wenn die Greifvögel hoch am Himmel standen, wusste er sofort, war es ein Falke, ein Geier ein Habicht oder ein anderer Raubvogel. Er fing die größten Raubfische, brachte Enten nach Hause, ohne sie zu schießen. Oder im Winter Fasane. Mit seiner verschlagenen Intelligenz beherrschte er sein Umfeld. Er baute Fallen für Iltisse, Marder und anderes Raubgetier, die Jäger waren erstaunt über eine derartige Raffinesse, trotz einfachster Konstruktion, so dass sie nur verwundert die Köpfe schütteln konnten. So verborgte er seine von ihm gefertigten Fallen gegen geringes Entgelt den gepeinigten Hausbesitzern, welche, wenn sich der gewünschte Erfolg einstellte, zu größten Dank verpflichtet waren und sie ihre Dankbarkeit in einem Vielfachen des Salärs, welches er verlangte, bekundeten. Wie er das machte: Nun, wenn der Schnee fiel, er eines Fasans oder Rebhuhns ansichtig wurde, letztere in ganzen Ketten auftretend, oder deren Spuren erforschte, steckte er, dick mit Holzleim bestrichene Papiertüten in den Boden, leerte einige Kukuruzkörner in jene und harrte der Dinge. Die Vögel, angelockt durch den Köder, pickten naturgemäß den Kukuruz aus den Tüten.

Und als sie den Kopf erhoben, klebte die Tüte durch den Leim an ihrem Hals und derart behindert und orientierungslos blieben sie, wo sie waren. So brauchte er sie nur einzusammeln und es kam nicht selten vor, dass er eine Kette von Rebhühnern mit nach Hause brachte. Oder die Enten im Teich, wo er auf einem durchlöcherten Brett einen Angelhaken von unten durchzog, mit einem Köderfischlein darauf, welches jedoch mit einer Bierflasche verbunden war, die so viel mit Wasser gefüllt war, dass sie gerade noch an der Wasseroberfläche blieb. Holte sich eine Ente den vermeintlichen Leckerbissen vom schwimmenden Brett, so dass der Haken sich in ihrem Maul oder Schnabel verfing, kippte die schon schwimmende Bierflasche, welche dann auf den Grund des Teiches sank, um die wild um sich schlagende Ente zu ertränken, um so eine leichte Beute Hermanns, so hieß der Schulverweigerer, zu werden. Beim Fischen bespritzte er die Köderfische, die nicht einmal so klein waren, mit vom Fleischhauer besorgtem Blut, um so damit die größten Raubfische anzulocken, die ihm daraufhin auf den Leim, pardon, Haken gingen. Gefangene Vögel stopfte er mit einer derartigen Geschicklichkeit aus, um sie manchmal in Flugposition so zu positionieren, dass man glauben konnte, der Vogel flöge gerade durchs Zimmer. Sofern man die feinen Nylonschnüre übersah, an denen sie aufgehängt waren. Und er brütete Enteneier auf seinem Bauch aus, umhüllt von mehreren, mit Federn gefüllten dicken Tuchenten, wobei er immer nur kurz ihr Nistbett verließ. Und weil alles viel Zeit in Anspruch nahm, blieb ihm viel zu wenig Zeit, die Schule zu besuchen, was ihn jedoch nicht weiter zu stören schien, denn er meinte, er könne das kleine Einmaleins und zur Not auch das große. Er könne demnach rechnen, lesen und sogar schreiben und was brauche er mehr, in seinem ganzen Leben? Ja, und Hausverstand habe er genug, der sei nicht erlernbar, den könne sich keiner der Lernbesessenen je durch den Unterricht aneignen, denn der sei von Gott gewollt und ein Privileg für jene, die ihn besäßen. So wurde Herrmann ein allseits geschätzter Tierpräparator, dem man von nah und fern die zu präparierenden Tiere vorbeibrachte, so auch sein Lehrer, ein Jäger und Angler, der ihm oft und lang bei seiner Arbeit zusah und einmal zu Herrmann meinte, er habe begnadete Hände, nur über die Schule wurde nie mehr gesprochen.

Der Flugzeugabsturz

Knapp über dem westseitigen Hügel des Dorfes strich einer der todwunden Bomber mit aufbäumenden, röchelnden Motoren, sackte ins Tal, fing sich wieder, um in einer großen Schleife, eine riesige Rauchfahne hinter sich lassend, torkelnd gegen das leicht ansteigende Gelände des Osthügels über die frisch geworfenen Schollen zu schlittern und brennend liegen zu bleiben. In der Flugzeugkanzel saß hinter den zerborstenen Scheiben eine vornübergebeugte Gestalt. Als das Wrack ausgeglüht war, fand man noch drei weitere verkohlte Körper in seinem Inneren. Die Bomben wurden wohl über einem anderen Tal ausgeklinkt. Viele der Fallschirme brachten nur mehr Tote zur Erde. Es waren Verbrannte, von direkten Geschosstreffern Verwundete und verblutete Soldaten, die aus ihren fliegenden Festungen noch aussteigen konnten. Sie hingen auf Bäumen, Dächern oder lagen in den Höfen. Mit Jagdhunden suchte man die Überlebenden der abgeschossenen Maschinen in den Wäldern. Als der Himmel sich klärte, die letzten Pulks gegen Norden verschwanden, das Dröhnen ihrer Motoren nur noch wie ein Hummelgebrumme zu hören, waren die Täler der Flugschneisen mit Brandherden übersät. Das Land vergaß die Angst und gebar den ohnmächtigen Zorn, aus dem gärend die Rache aufstieg, die sich in einer gnadenlosen Treibjagd nach den abgeschossenen Fliegern entlud. Aus dem Radio kamen die ersten Meldungen über die Bombardierung von Wiener Neustadt.

Das verschwundene Wappen

Dreißig Jahre prangte das Wappen von Stegersbach mit Stuhlrichter, Vollwappen und einer kurzen Chronik auf einem dreigeschossigen Gasthaus mit Pension in Stegersbach.

Das dreiteilige Ensemble der Malerei, oben der Stuhlrichter, nach unten folgend das von einem Herold in mittelalterlicher Zeit verfasste Vollwappen und darunter die „Chronik" in großen unzialen Buchstaben, voran geschrieben mit den wichtigsten Daten und Jahreszahlen eines einst wichtigen Ortes des Mittelalters.

So stand es gezeichnet, gemalt und geschrieben an der sonnseitigen Fassade eines Gasthauses in Stegersbach, um die einstige geschichtliche Bedeutung des Ortes zu bezeugen. Dazu der unter dem Wappen, auf einer Schleife, uralte Name „Stegraifepach" geschrieben stand.

Ein rot bemantelter Stuhlrichter in großer Höhe stehend, der, vollbärtig in grauer Gewandung das große Richtschwert zwischen seinen Beinen, stehenden Fußes, mit beiden Händen umklammert hielt, mit langen Haaren, die ihm über die Schulter fielen. Er stand, das darunterliegende Vollwappen aus mittelalterlicher Zeit beherrschend, auf einem marmornen Sockel aus rotem Felsen gehauen, in dieser Stellung Recht und Ordnung verkörpernd.

Unter ihm das Vollwappen, das einstens in mittelalterlicher Zeit von einem Herold gezeichnet, der Wichtigkeit des Ortes angemessen und nach heraldischen Regeln in Farbe gesetzt wurde.

Unter ihm der beflügelte Löwe mit dem Krummschwert in seinen Pranken und mit lechzender Zunge und aufgestellter Mähne über seinem Kopfe hielt, sitzend auf einer sechszahnigen goldenen Krone, die auf einer ehernen Rüstung saß, eines mittelalterlichen Ritters mit einem Spitzhelm und schulterabdeckenden Harnisch, welches am oberen Ende des Wappenschildes saß.

Das Helmtuch, das zwischen Krone und Harnisch hervorquoll, um das gesamte Wappenschild zu umwerben. Das dreiteilig gefärbte Wappenschild auf der oberen Seite mit Silbergrund eine Menschenhand mit demselben gekrümmten Richtschwert, das sich auch aus den Löwenpranken erhob, mit derselben blauen Farbe bemalt wie der Untergrund des unteren Drittels, auf dem drei silberne Sterne aufleuchteten. Dazwischen lag ein schmaler roter Querstreifen.

Darunter in einer Schleife der damalige Name „Stegraifepach" in Fraktur geschrieben, was auf den alten Namen eines alten Ortes schließen lässt.

Möchte wohl manch Stegersbacher Bürger, dessen Ahnen jahrhundertelang den Ort als ihr Zuhause empfanden, bei dem Datum der Erstnennung in der Kontinativ Vindobonen 1219 und wo das geschrieben steht, die Markterhebung bereits 1391 erstaunt oder auch stolz gewesen sein. Manch Fremder, der die Chroniken las, wurde nicht minder überrascht, denn außer dem Kastell und der alten Kirche finden sich keine wie immer gearteten Zeugen der Vergangenheit in dieser uralten Gemeinde. Manch Stegersbacher Bürger eines etwa höheren Status durchforstete nun neugierig die Annalen des Ortes, hatte ihn doch diese Malerei neugierig gemacht, worum er sich vordem nicht gekümmert hatte.

Die Vorfahren des Malers, die jahrhundertelang die Geschichte des Ortes mitgestalteten, waren doch seit 1604 in den Annalen von Stegersbach als Freye geführt, so Generationen von seinen Ahnen als Richter (vilurs) auftraten. So er Willens, die bereits ins Vergessene geratene Geschichte seiner Heimatgemeinde mittels dieser Malerei wieder ins Bewusstsein der Ortsbewohner zu vermitteln. Und auch den Gästen des Ortes, da keinerlei geschichtliche Ingredienzen von baulicher Natur, außer einem im 17. Jahrhundert errichteten Kastell zur Ansicht standen.

Eine alte, schmucklose Wehrkirche und ein leider abgerissenes Haus aus der Barockzeit, das durch eine fürchterliche Architektur der so genannten Neuzeit ersetzt wurde und aus dem Ortsbild verschwunden war. Und so man trotz des Alters dieses Ortes mit keinerlei geschichtlichen Bauwerken wie in den westlichen Bundesländern aufwarten konnte. Wir, die das Einfallstor für alle möglichen Ostvölker, immer wieder niedergebrannt, wiederaufgebaut, versklavt, vergewaltigt oder erschlagen, so sich keine Hochkultur entwickeln konnte. So die Malerei auf diesem Gasthaus nur eine bescheidene Darstellung durch das Jahrtausend, seit der Frankenkönig Karl der Große uns hier angesiedelt hatte und wir nach dem Zerfall des Frankenreichs 1000 Jahre nach den Magyareneinfällen der ungarischen Krone gedient hatten.

Nur jetzt wurde das Gasthaus mit angeschlossener Pension infolge nicht verfügbarer Nachkommen verkauft an einen Fremden, der bar jeglichen Geschichtsbewusstseins mit einem der Geschichte unbedarften Wissens behaftet, dessen geistiger Horizont von der Sicht eines Leberknödels aus, wäre er als solcher in die Suppe gefallen, nicht über den Tellerrand zu schauen kam, wie ein altes Sprichwort behauptet, dass der Horizont solche Menschen nicht über den Tellerrand reichen würde. Was hier in diesem alten Sprichwort gerecht wurde.

So des Wirtes Horizont in dörflicher und gastronomischer Gepflogenheit verblieb und kaum über den beschriebenen Tellerrand, den schönen Häuberln auf den Biergläsern oder den servierten Weingläsern mit kalten Weißwein hinauskam.

Ob er auf Anraten eines von weither angereisten Tünchers sich nun in TV-farbenen Türkis eines deutschen Fernsehsenders die ganze Fassade anzupinseln und den kreisrunden Bierdeckel, den er für sich entwerfen ließ, dutzendmal vergrößert auf die nun weggepinselten Flächen des historischen Ensembles aufzumalen. Ob der Maler der beruflicherseits die wahre Aussage dieser Malerei nicht erkannt, oder sonstige Gründe, vielleicht den

Auftraggeber selbst dafür verantwortlich machten, jedenfalls ist diese historische Darstellung des alten Stegersbach sprich Stegraifepach endgültig durch Banausentum verschwunden.

P.S. Einer von einer geistigen Naivität davon befallenen Bürger, höher eingeschätzten Intelligenz meinte: Wer brauche das, wer wolle denn wissen, was vor hunderten von Jahren, wenn gar nicht vor tausend Jahren in und um Stegersbach passiert sei. Wer schere sich noch darum? So der Großteil der Bürger wohl seiner Meinung sein dürften, um ihrer geistigen Abstinenz Rechnung zu tragen.

Das ursprüngliche Wappen mit Stuhlrichterchronik Helmtuch, Harnisch, Wappenschild und dem Stuhlrichter persönlich, zusätzlich eine kurz angeführte Chronik, gemalt vor 30 Jahren an einer Fassade über drei Stockwerke, sollte die uralte Geschichte von Stegersbach bekunden.

Einschließlich der ursprünglichen Benennung in karolingischer Zeit.

Der Autor

Willibald Rothen wurde 1938 im südburgenländi-
schen Bocksdorf geboren. Seine fränkischen Vorfahren zählten zu den Patrizierfamilien des bereits
1391 zur Marktgemeinde erhobenen Ortes. Seit
1604 lebten sie als „Freie" im ehemaligen Deutsch-
westungarn, das von ungarischen Magnaten
beherrscht wurde. Er trauert nicht verblichenem
Ruhme nach, trotzdem ließ er einige Anekdoten
und Legenden aus dieser Zeit in seinen Romanen,
Theaterstücken und Satiren einfließen, die er zeit
seines Lebens geschrieben hat, welche vielfach
einen sozialkritischen Hintergrund haben und
deren Ansätze er in seiner 40-jährigen Selbststän-
digkeit als Maler und Restaurator, aber auch als
Beobachter massenhaft in seinem Umfeld vorfand.
Derzeit lebt er in Burgenland.

Der Verlag

*Wer aufhört
besser zu werden,
hat aufgehört
gut zu sein!*

Basierend auf diesem Motto ist es dem novum Verlag
ein Anliegen, neue Manuskripte aufzuspüren, zu ver-
öffentlichen und deren Autoren langfristig zu fördern.
Mittlerweile gilt der 1997 gegründete und mehrfach
prämierte Verlag als Spezialist für Neuautoren in
Deutschland, Österreich und der Schweiz.

**Für jedes neue Manuskript wird innerhalb we-
niger Wochen eine kostenfreie, unverbindliche
Lektorats-Prüfung erstellt.**

Weitere Informationen zum Verlag und
seinen Büchern finden Sie im Internet unter:

www.novumverlag.com

Willibald Rothen

Der Senator

ISBN 978-3-85022-363-8
148 Seiten

Die Rahmenhandlung beschreibt das Leben eines Senators in
Amerika, der an einer Krankheit leidet, die mit dem Verlust des
Kurzzeitgedächtnisses einhergeht. Je weiter die Krankheit fort-
schreitet, desto öfter entschwindet er in seine Vergangenheit,
in seine Kindheit im Burgenland, bis er als alter Mann dorthin
zurückkehrt …

Willibald Rothen

Das Experiment

ISBN 978-3-85022-921-0
140 Seiten

Die Bewohner eines Zigeunerghettos werden in ein KZ-Son-
derlager deportiert, damit an und mit ihnen Versuche durch-
geführt werden, die zur Unterwerfung und Unterjochung von
sogenannten „Untervölkern" dienen sollten, um sie letztendlich
als Soldaten, als willenlose Söldner, gegen den Feind einzuset-
zen. Dieses zutiefst pessimistisch geschriebene Buch zeigt die
dunkelsten Seiten der Menschheit.

Willibald Rothen

Die Toten, die man nicht sterben ließ

ISBN 978-3-99131-256-7
558 Seiten

Zweiter Weltkrieg, Nachkriegszeit und jede Menge Verwick-
lungen und Verirrungen, Sigmund Freud, ein Graf, und vieles
andere wird mit diesem Roman dem geneigten Leser geboten.
Wer kurzweilige und turbulente Geschichten mag, liegt mit
diesem Buch richtig!

Willibald Rothen

Themen, die das Leben schreibt

ISBN 978-3-99131-380-9
230 Seiten

Reime, Gedichte und Aphorismen, die Humor, Witz und Charme versprühen. Mit viel Wortwitz und Ironie bringt Rothen alltägliche Themen der Gesellschaft und Politik auf den Punkt. Ein herzhaftes Lachen wird Ihnen mit dem ein oder anderen Kleinod entlockt werden.

Willibald Rothen

Wahr ist alles, was nicht erlogen

ISBN 978-3-99131-382-3
268 Seiten

Die Wahrheit schreibt der Autor … die Wahrheit über Liebe, Hoffnung, Trauer … wie das Leben so spielt – für jeden von uns. Einmal humorvoll, dann wieder nachdenklich werden Episoden des täglichen Lebens erzählt. Lesen Sie von der Wahrheit des Lebens!